Tine Høeg

Tour de Chambre

Roman

Aus dem Dänischen von Gerd Weinreich

Literaturverlag Droschl

Für meinen besten Freund

Ich bekomme eine Einladung zu einer Gedenkfeier am 29. Juni im Blomsten heute morgen oder heute Morgen?

sorry, weiß ja du schreibst

ich stör nicht mehr

wann kommst du uns wieder besuchen?

Bertram vermisst dich

dein Date, war das heute?

Dein Freund ist ein Schuft weil er zu spät kommt

zwei alte Männer spielen Billard,
der eine hat sich vor mir aufgebaut

naah sage ich

er ist nicht mein Freund

ich sitze auf einer hohen Bank an der Wand,
ich habe zwei Bier gekauft und meins fast ausgetrunken

dann ist er nicht nur ein Schuft sondern auch ein Idiot.
Prost

prost sage ich

er bleibt stehen

du siehst verdammt hübsch aus,

er lächelt

ein kleines Haarbüschel steht mitten auf seinem Kopf
merkwürdig hoch

man lässt doch nicht so eine hübsche Dame warten

ich lächle zurück

es irritiert mich dass ich mit den Füßen nicht bis zum
Boden reiche

Jørn, ruft der andere

du bist dran!

sie versuchen mich mit ihrem Spiel zu beeindrucken,
messen Abstände, kreiden eifrig ihre Queues

aus den Lautsprechern ertönt Wrecking Ball

und in der Ecke ist ein Tisch mit sehr jungen Leuten,
vielleicht Schüler einer Nachschule, sie würfeln und
singen mit. Über der Theke hängt Weihnachtsschmuck

es ist Ende April,
ich bin gerade dreiunddreißig geworden

dritte Phase der Jugend

das habe ich irgendwo gelesen

ich trinke aus und überlege
ob ich das andere Bier nicht auch trinken soll

dann kommt er

in einer viel zu dicken Jacke, er hat trockene Hände

wir haben uns über Tinder kennengelernt,
er ist Dokumentarfilmer

lieber Schatten als Sonne, lieber Burroughs
als »Das große Backen« und ich habe mehr Bücher gele-
sen
als die meisten hatte er in seinem Profil stehen

schrecklich

aber dann war da ein Foto
auf dem er auf dem einen Auge etwas schielt

junger Mann,

Jørn ist sofort da und zeigt mit seinem Bier auf ihn

und ich bin amüsiert

denn der Dokumentarfilmer
ist dreiundvierzig und geschieden und hat zwei Kinder

du bist einfach schlecht erzogen

der Dokumentarfilmer scheint verwirrt

man lässt so eine süße Maus nicht warten

ich lache laut und irgendwie fremd
und fühle mich plötzlich unwiderstehlich

und ich springe runter von der Bank
und möchte am liebsten alles hochfahren,
die Musik, meine Gefühle, ihn küssen,
reihenweise Shots kaufen, etwas zum Leuchten bringen

aber dann später

nach stundenlangem trägem Dialog,

ich frage und frage

und wenn ich rede lässt er den Blick gleiten
und fokussiert auf etwas irgendwo hinter mir
dass ich Lust bekomme mich umzudrehen und nachzusehen
was dort ist,

legt er das eine Bein über das andere und sieht mich an

und was ist mit Kindern?

ich trinke einen Schluck von dem Bier das er gekauft hat

es ist Weißbier

ich mag kein Weißbier,
das schmeckt eklig und gegoren

wie meinst du das?

na ja, hast du schon mal drüber nachgedacht?

ich trinke noch einen Schluck

willst du Kinder?

ja

die Nachschüler brüllen vor Lachen, irgendeiner
hat etwas Lustiges gesagt, die Billardspieler sind gegangen,
der Barkeeper blinkt mit dem Licht

oder nein

letzte Runde!

ich rutsche auf meinem Stuhl nach hinten

vielleicht

okay sagt er und nimmt eine Handvoll Erdnüsse
denn ich will einfach ehrlich zu dir sein

ich habe die Kinder bekommen die ich wollte,

er schüttet sie alle auf einmal in den Mund

also das ist einfach keine Perspektive

er kaut und kaut

für mich

ein Kind mit dir zu kriegen

Ich bin Schriftstellerin

ich schreibe an meinem zweiten Buch

ein Roman über den polnischen Porträtkünstler Lysander Milo

ich sitze mit Ohrenstöpseln am Computer,
die Wohnung nebenan wird gerade komplett renoviert

Milo arbeitete in einer Zementfabrik

in Bydgoszcz in den 1960ern

eines Tages verschwand er, dreiundzwanzig Jahre alt
und in einem großen Kellerraum fand man über
hundert Büsten aus Zement, in aller Heimlichkeit geformt,
sie stellen einen Teil der Angestellten der Fabrik dar

ein paar Jahre später tauchte Milo in Warschau auf

er hatte einen Riesendurchbruch
bevor er für immer verschwand

Bydgoszcz

wie spricht man das eigentlich aus?

ich massiere meine Schläfen

die Handwerker sind seit drei Wochen zugange,
schon frühmorgens stampfen sie
mit ihren Sicherheitsschuhen die Treppen rauf

Sweet Dreams Are Made of This

und dazu ein Radio auf volle Lautstärke gedreht, heute bohren sie irgendwas ich blättere im Ausstellungskatalog mit den Büsten

die sind unheimlich schön

ich sah sie letzten Winter zufällig im KdW in Berlin und war sehr begeistert. Die Gesichter sind grob und vereinfacht

gleichzeitig aber unergründlich

voller Seele

ich könnte sie ewig betrachten

lebende Menschen aus Zement

sie sehen mich genauso eindringlich an wie ich sie

ich hole tief Luft,

das Bohrgeräusch wird lauter

der Kaffee in meiner Tasse bewegt sich ein bisschen

Ich besuche Mai fast jeden Tag

aber erzähl ein bisschen mehr von deinem Date sagt sie

wir sitzen auf dem Sofa und sehen Peppa Wutz, Bertram
sitzt zwischen uns

sie wohnt allein mit ihm

die Wohnung riecht nach Spülmittel

sie ist ein einziges Durcheinander

warum lief es nicht, war er hässlich?

nee

was dann?

ich hasse Dates sage ich,
ich bin dann innerlich eiskalt, ich habe übrigens
etwas Bolognese in die Gefriertruhe gestellt

du bist ein Engel sagt Mai, habt ihr euch geküsst?

nein

gevögelt?

nein nein

oh je wie langweilig, sie sucht ihr Telefon,
wie spät ist es, willst du mit uns essen?

ich bin eigentlich schon weg sage ich

ich muss nach Hause und schreiben solange es dort
ruhig ist

über den Betonkünstler?

das ist Zement sage ich

wann bist du damit fertig?

das weiß ich nicht. Das dauert

deine Frage nervt, Mai

dann wird ordentlich gefeiert!

sie bewegt Bertrams Arme als würde er tanzen,
er schaut nicht weg vom Fernseher

und heute Abend gibt es Pizza,

sie küsst ihn aufs Haar

weil deine Mama faul ist, kannst du Pizza sagen?

ich rede zu wenig mit ihm sagt sie,
man soll ja die ganze Zeit reden

einfach ständig

damit er einen Riesenwortschatz bekommt

und Singspiele spielen damit er ein Rhythmusgefühl
bekommt

er ist nicht mal zwei sage ich
er hat einfach keine Lust Dinge auf Kommando zu sagen

und wir lesen ihm ganz viel vor

du liest ihm vor sagt sie

Bertram legt seine pummelige Hand auf meinen Schenkel

Asta muss jetzt nach Hause sagt Mai,

kannst du Asta sagen?

Asta?

ich treffe Hannibal aus meinem alten Studentenwohnheim
am Ende der Holmbladsgade

ist ja lustig sagt er

verdammt lange her,
wohnst du jetzt hier draußen?

seine Akne ist weg, ansonsten ist er wie immer

ach ja zum Teufel, Glückwunsch,

er schlägt mir auf die Schulter. Zu deinem Buch!
ich habe dich in allen möglichen Zeitungen gesehen,
hatte keine Ahnung
dass du schreibst, hast du damals auch schon geschrie-
ben?

nja sage ich und zeige

was hast du da in der Tasche?

ach das ist so ein Windeleimer,

er kratzt sich unter der Mütze

ich werde Vater

im September, das ist total verrückt

Putzgewebe anbringen

Stahlträger und Brandschutzisolierung

er redet lange und voll begeistert, seine Freundin
ist Hebamme, es lag also auf der Hand, sie haben gerade
eine Wand rausgerissen, das ist eine Wissenschaft für
sich

und wie sieht es mit dir aus was das betrifft?

weniger sage ich

aber das ist ganz in Ordnung

das ist nicht gerade das was mich beschäftigt

klar sagt er

du hast bestimmt genug andere spannende Sachen um
die Ohren,
ach! kommst du übrigens ins Blomsten?

ich kann leider nicht

schade. Und Mai?

sie hat auch irgendwas vor sage ich

na

ja,

er hebt die Tasche hoch und lächelt

ich seh mal zu dass ich mit dem hier nach Hause komme

Pierre 41, Lehrer
sitzt auf einem Einrad

Karl-Kristian 39, Schlachter
umarmt seine Mutter

Søren 37, Lebenskünstler und Berater

ich habe den ganzen Abend geswipet,
ich sollte lieber an meinem Roman schreiben

aber ich mache immer weiter

Sebastian 42, selbstständig
macht Seitstütz am Wasser

Lasse 36, verspielter Sportmasseur

Marco 44, Optiker. Kein Anal

no anal, pas d'anal, geen anale
sem anal, brez anal

ich pfeffere mein Handy weg, empfinde Ekel

vor der ganzen Menschheit

ich hole das Handy wieder und lösche Tinder

ich könnte weinen
oder jemanden beschimpfen

aber ich weiß nicht wen

schläfst du?

noch nicht

hast du die Einladung gesehen

warum hast du nichts gesagt?

was für eine Einladung?

von Sif. Auf Facebook

habe ich nicht gesehen

zu was lädt sie ein?

Gedenkfeier
für August im Blomsten
weil es zehn Jahre her ist

wir alle aus der Küche

bist du noch da?

Anfangs glaubte ich oft ich hätte ihn gesehen

Mai richtet das Verdeck

in Føtex zum Beispiel oder
mit dem Rad auf der Knippelsbro, scheint
ihm die Sonne ins Gesicht?

alles in Ordnung sage ich

das könnte an den Haaren liegen

oder an der Schulter sagt sie

an der Art sich zu bewegen

wir spazieren auf dem Bispebjerg Friedhof

um Bertram die Kirschbäume zu zeigen,
sie blühen. Er schläft wie ein Stein

weißt du noch damals im IKEA,

Mai zieht an ihrer E-Zigarette

als es plötzlich nach seinem Parfüm roch?

ja sage ich

so ein bisschen nach Harz sagt sie

wir schweigen eine Weile

ich finde du musst damit
aufpassen sage ich dann

und nicht immer wieder diese Tür öffnen

was stand da noch?

wo?

na an der Küchentür sagt sie,

diese Zeitungsausschnitte

daran kann ich mich nicht erinnern

doch das kannst du sagt sie. Du kannst dich an alles
erinnern

sind hier Mutter und Tochter unterwegs?

ein verwahrloster Mann auf einer Bank lächelt uns zu

nein lacht Mai

doch sagt der Mann, er hat rote Hände,
er fummelt an einer Plastiktüte

wir sind Freundinnen sage ich

nein sagt er plötzlich mit scharfer Stimme

das ist die Mutter mit den Augen
und die Tochter mit den Haaren
und das Enkelkind im Wagen

das sind Mutter und Tochter sagt er

und noch einmal, lauter:

das sind Mutter und Tochter

er steht auf, jetzt ist er wütend

Mutter und Tochter!

wir gehen schneller, ich blicke über meine Schulter,
er schwingt die Tüte im Kreis über seinem Kopf

wir fangen an zu laufen

Mutter und Tochter ruft er

und das Enkelkind im Wagen!

Golonka, babki

ich habe gute Laune,

ich google polnisches Essen

und habe einen Gehörschutz bestellt
der für Leute auf Bohrplattformen gedacht ist

kapusta, piernik

ein Schlaraffenland voll schöner Wörter!

sernik ist ein Käsekuchen, kluski eine Art Mehlkloß

ich schiele auf die Uhr

ich soll heute Nachmittag als Gast in einer Fernsehsendung über Bücher auftreten. Vorher möchte ich gern noch eine Passage abschließen,
in der es ums zweite Frühstück in der Zementfabrik geht

vier Stunden später stehe ich vor dem Spiegel

wütend und deprimiert

ich habe es jetzt unglaublich eilig

ich habe fettiges Haar und Hausschuhe an, ich habe mich in Rezepten
und Essenstraditionen verloren, ich habe nur *eine* Zeile geschrieben:

es sind keine kluski in der klaren Suppe

ich schaffe es nicht rechtzeitig zum Studio von Danmarks Radio,
das ist völlig unrealistisch

ich muss anrufen und sagen dass ich krank bin

es sind keine kluski in der klaren Suppe

das kann ich ja dem Publikum vorlesen

ein abgebrochener Zahn, es muss etwas Akutes sein

ein Magen-Darm-Infekt

damit wollen sich die Leute nicht anstecken

Und du hast es offenbar schon selbst probiert wie ich sehe

die Maskenbildnerin umfasst mein Kinn

ich versuche zu lächeln, mein Rücken ist schweißnass
ich bin mit dem Rad gerast und habe Believe
von Cher gehört um mich zu pushen

sie betrachtet kritisch mein Gesicht

dann seufzt sie tief

na ja all right, sie dreht sich um
und wühlt in einer Schublade mit Pinseln

wir packen da einfach was drauf

und du bist wohl gerade mit was Neuem beschäftigt?

die Maskenbildnerin rollt ein Stück mit ihrem Stuhl,
man hat mir eine Art Umhang umgelegt

dein erstes habe ich wirklich geliebt,

sie zieht den Stöpsel von einem flüssigen Eyeliner

aber am Ende war es ein Jammer
für sie, wird das die Fortsetzung?

nicht wirklich, ich räuspere mich

ich beschäftige mich gerade mit einem polnischen Porträtkünstler

okay sagt sie, halt den Kopf still

aus den 1960ern

okay sagt sie wieder. Schau nach unten

ist das nicht etwas anstrengend?

überhaupt nicht sage ich

eigentlich ist es eine sehr dankbare Arbeit,
man bekommt ja eine Menge Stoff geschenkt

über Polen. Und den Zeitraum

und über Zement

sie runzelt die Stirn

also er fing an mit Zement zu arbeiten

aha sagt sie. Schau nach oben

und dann ist es eine Riesenbefreiung
über jemand anderen zu schreiben sage ich

ganz und gar aus dem eigenen Kopf auszuziehen

ich bin schön als sie fertig ist
ich sehe mir gar nicht ähnlich

bei meiner Gynäkologin ist zum Beispiel immer der
Nagellack abgeblättert

sage ich kurze Zeit später zum Moderator,

wir sitzen auf Designerstühlen und sprechen darüber
wie man als Autorin Details für spätere Verwendung
sammelt und aufbewahrt

das Publikum lacht, die Kamera fährt

jetzt möchte ich überhaupt nicht wieder runter von der Bühne

aber in Wirklichkeit ist es *Mais* Gynäkologin

das hat *sie* mir erzählt

ich kann Bertrams Geruch nicht ausstehen

nachmittags
wenn wir nach Hause kommen

dieser spezielle Geruch
in öffentlichen Einrichtungen

der erinnert mich an damals
als ich mein Praktikum in Tårnby machte

Die Zeitmaschine

stell dir vor ich wäre Erzieherin geworden

hieß die Kita nicht so?

da wo du gearbeitet hast

ja

wer denkt sich so was aus?

Ich bin ins Café geflüchtet um in Ruhe zu arbeiten

neben mir sitzt ein Typ
der sich einen Film über fliegende Autos ansieht

das stört gewaltig

ich scrolle durch mein Manuskript

ich habe nur sieben Seiten eigentlichen Text

aber vierundzwanzig Seiten
über die gesellschaftlichen Verhältnisse in Polen,
eine Mappe über Zement plus Essays
und Analysen von Milos Porträts

ich beschäftige mich intensiv mit einer Büste von einem älteren Mann

mit tief liegenden Augen
und einem Blick aus dem ich nicht schlau werde,
er gleitet hin und her
zwischen melancholisch und schalkhaft

wie kann man aus Zement solch ein Gesicht erschaffen?

die Eleganz in den groben Zügen

ich google mein altes Studentenwohnheim,
es ist eine plötzliche Eingebung

das Gebäude sieht aus wie immer

es geht mir ein Stich durchs Herz

der Typ mit den Autos isst unglaublich langsam

Cappuccinoschaum mit einem Teelöffel

Geht es mit deinem Buch voran?

wir nehmen ein paar Drinks

wir kennen uns von einem Schreibkurs,
Monicas erste Gedichtsammlung wurde gerade angenommen
und sie hat Sørensen aus ihrem Namen getilgt

die Gedichtsammlung heißt Methusalem, Methusalem

ich möchte lieber mehr von deinem hören
sage ich und schlürfe meinen Mojito

wann erscheint es?

also wir denken im Oktober,

sie lächelt und dreht an ihrem Lippenstift

aber es kommt darauf an wie lange das
mit dem Umschlag dauert, ich bin in Kontakt mit einem Kunstfotografen
der sehr auf Heidekraut steht. Hallo,

sie wedelt vor meinem Gesicht

hörst du zu?

entschuldige sage ich

ich glaube ich kenne den dort drüben

wo?

hinter dir. Nicht hinschauen

sie dreht sich mit ihrem Glas um

der Große?

ja

wer ist das?

einer den ich mal kannte

einer aus meinem alten Studentenwohnheim

die sitzen ganz schön dicht zusammen sagt Monica

weil er so leise spricht sage ich

er heißt Niels Kitzler

sie zieht eine Augenbraue hoch

so kann man doch nicht heißen

kurz darauf verlässt er die Bar mit einer jungen Frau
mit lockigem Haar

er sieht mich nicht

Es ist bald so weit, Asta

meine Mutter ruft mich an, ihre Stimme ist schwach

meine Tante war schon lange krank

plötzlich ging es ganz schnell

ich gehe mit dem Telefon im Kreis,
ich öffne alle Fenster der Wohnung
schließlich lege ich mich auf den Fußboden

es geht aufs Ende zu

das hatten die Ärzte gestern zu meinem Onkel gesagt

ich blicke an die Decke. Dann ertönt der Probealarm,

ich muss schreien

ach Schätzchen sagt meine Mutter,

das ist nur eine Übung

an beiden Enden herrscht Stille

er hält an
in wechselnden Tonlagen

fast wie eine Hymne auf verwirrte Frühlingsgefühle

ich schließe die Augen

ich will dass er aufhört

kann man den im Krankenhaus hören?

ja sagt meine Mutter

das denke ich schon

Am Nachmittag ruft meine Mutter wieder an

meine Tante ist tot

sie starb mitten im Probealarm sagt sie

hab versucht dich anzurufen

bist du jetzt im Verlag?

wollte nur sagen es tut mir leid das mit deiner Tante
ach ja und dann war da noch etwas Merkwürdiges:

ich sitze im Bus auf dem Weg vom Jobcenter
nach Hause und da sehe ich Gregers

durch die Scheibe

ich klopfe und winke jedes Mal
wenn wir bei Rot halten aber er sieht mich nicht

Anzug und Fahrradhelm,
ich glaube er verdient gut

er hat immer Butterbrote gegessen weißt du noch?

Der Verlag ist im vierten Stock

komm und erzähl von deinem Künstlerroman,

mein Lektor hat zum Brunch eingeladen,
ich will nur wissen wie weit du mit deiner Arbeit bist
schrieb er in seiner Mail. Ich habe keine Lust

ich betrete den Fahrstuhl

ein holzartiges Parfüm hängt in der Luft

leicht alkoholisch

ich muss mich an der Wand abstützen

ich sehe mich in den Spiegeln

von allen Seiten gleichzeitig

das Licht flackert

schon seit ewigen Zeiten sagt Mai

wir fahren und fahren nach oben, nach oben

bis zum fünften Stock. Tadaa!

sie schiebt die Tür mit der Schulter auf

sie hat zwei Monate im Studentenwohnheim gewohnt
und war anderthalb Monate mit August zusammen,
sie küssten sich das erste Mal
beim Osteressen in der Küche

Heringshappen Curry und Dill-Schnaps

am nächsten Tag klang sie so glücklich dass es mich
beim Telefonieren einfach nicht auf meinem Platz hielt

wir müssen hier entlang sagt sie

eine Glastür, ein langer Gang

Mai hat mir das Zimmer besorgt

hier riecht es nach Fischfrikadellen und feuchtem Boden

Linda 5A sagt sie und zeigt auf eine Tür

Ernährung und Gesundheit, sie beschwert
sich immer über den Lärm vom Fahrstuhl

Sif 5B, Staatslehre

sie ist mega cool

und der Abstellraum ganz hinten,
das Türschloss kann schon mal klemmen

Gregers 5C, Copenhagen Business School

hey Hannibal!

ein riesiger Kerl mit Akne und einer Trinkflasche
in der Hand taucht aus einem Zimmer auf

geht's nach unten zum Trainieren?

yes

das ist Asta sagt Mai

sie zieht in 5F ein

super sagt er,

Mütze und eine warme Hand

er verschwindet durch die Glastür

da hinten wohne ich, sie zeigt in die Richtung

und dann du

und daneben August

und Kim am Ende
er ist unser Gespenst. Komm!

sie zieht mich am Arm

die Küche ist hier

Imperium des Begehrens steht an der Tür

man zieht das Schicksal an wie eine Jacke

und mit großen Buchstaben:

MEHR AMOUR WENIGER MERDE

der Raum ist ziemlich klein

eine Bank, ein Esstisch
ein Backofen und vier Gaskochfelder
Lichterkette und Diskokugel

ein Typ im Hemd und mit strohigen Haaren wischt seine
Finger in einer Serviette ab

Gregers sagt er und steht auf

vor ihm liegen drei gleiche Butterbrote auf einem Teller

Salzfleisch mit Jus

Asta sage ich

ja ich arbeite mich gerade an diesem Burschen ab

eine kräftige junge Frau am Küchentisch
lächelt breit. Du kriegst meinen Ellbogen,

Sif, hey

Asta

sie bearbeitet gekonnt das Hähnchen

schön dich kennenzulernen sagt sie

magst du mitessen, es gibt auch Ofenkartoffeln?

ich will mir eigentlich nur das Zimmer ansehen

sie zieht erst morgen ein sagt Mai

war es nicht was mit Dänisch?

Sif schiebt einen Klacks Butter unter die Haut

ja jetzt ab September sage ich

du hättest ruhig sagen können dass sie heute kommt,
ein Typ mit Schürze schnipst Wasser auf Mais Kopf

dann hätte ich mich mehr rausgeputzt

August, schönen guten Tag

seine Hand ist nass

er wirkt sehr aufgeweckt

immer noch Asta

la vista sagt er

Mai lacht, das Wasser läuft

die Wilden und die Verwöhnten

steht auf dem Schrank über der Spüle

rise and shine

wir sind die Lösung der Krise

Das da kannst du einfach mit einem Flickenteppich
zudecken

Mai steht mitten im Zimmer

und es wirkt viel größer sobald
man seine Möbel drin hat, sie durchquert
das Zimmer. Und sieh mal die Aussicht,

sie öffnet das Fenster zum französischen Balkon
Birkenbäume ohne Ende!

ich glaube das sind Pappeln sage ich

was ist das da oben?

ein Schlafsack sagt sie

der hing dort auch als Gregers einzog,
wir haben versucht ihn mit einem Fußball runterzuholen

na ja also,

sie dreht sich zu mir um

voller Erwartung in all ihren Bewegungen

wie findest du ihn?

Ich glaube das hat überhandgenommen

Linda hat lange Haare und schwere Augenlider

als ob manche ihre Wäscheklammern als Carte blanche
verwenden um ihren Abwasch mehrere Tage stehen zu lassen
und ich hab echt nicht das Gefühl dass das damit gemeint
war
als wir das Klammersystem eingeführt haben

mein erstes Küchenmeeting

wir sitzen dicht an dicht um den Tisch

Wasserkocher und Nescafé

einverstanden sagt Sif

sie ist Wortführerin und schreibt das Protokoll

sie hat einen gefragten Studentenjob
im Sozialministerium, sie ist für die Vorbereitung der Sitzungsräume zuständig,
heute hat sie Kugelschreiber mitgebracht
und einen Gefrierbeutel mit Schokoladenresten

das hat nicht *überhandgenommen* sagt Hannibal,

er studiert Gesellschafts- und Sozialwissenschaften in Roskilde

Linda sieht ihn an

komm jetzt nicht mit Wortklauberei, wie lange
zum Beispiel steht der Topf schon in der Spüle?

der steht da zum Einweichen sagt er und steckt die Hand in
den Beutel

wir sprechen auch übers Zeitungsabo

ich bin sozialdemokratisch aufgewachsen sagt Gregers

er ist der Einzige der für *Børsen* stimmt

ich möchte gern mitdiskutieren

aber ich weiß nicht wie

die Gesichter der anderen sind
mit Garn und Heftzwecken
zu einem großen Herzen auf der Pinnwand verbunden

fünfter Stock Mitte steht da mit Goldtusche

als Verantwortlicher für Salz ist es
am Ende wohl Hannibal der bestimmt

wir sprechen über fein versus grob

natürlich

er zeigt auf seinen Mund während er kaut
wie nennt man eigentlich die hier?

Katzenzungen

das ist das Erste was ich sage

mir wird ganz heiß im Kopf

was für ein Wort zum Einstieg

Katzenzungen

aber Hannibal nickt nur und nimmt sich noch eine
Handvoll

einfach lecker sagt er, das Gespräch geht weiter

Mai lacht viel und bindet ihren Pferdeschwanz strammer

sie trägt ein rosa Shirt mit U-Boot-Ausschnitt,
sie sieht die ganze Zeit rüber zu August

er sitzt da mit den Händen hinter dem Kopf

in mir regt sich der Wunsch dass er sich nach vorne beugt
und Mais nackte Schulterblätter berührt

und dann macht er es

Motten und Larven

die Idee ein Schneidebrett nur für Zwiebeln einzuführen

Hannibal holt Bier,

nach dem ersten schmeckt man ohnehin keinen Unterschied
sagt er zum Vorschlag

von Harboe zu Tuborg zu wechseln

alle prosten sich zu

haben wir eigentlich Kim angerufen?

ja aber er geht nicht ran

wir machen hier erst mal Schluss sagt Sif
während einer Diskussion über Silberpapier

na Freunde, sie klickt mit dem Kugelschreiber

letzter Punkt auf der Tagesordnung:

Bingo am Donnerstag, wer kommt?

Am nächsten Vormittag horche ich an der Tür

reiße mich zusammen bevor ich öffne

aber die Küche ist leer

ich bin erleichtert und enttäuscht zugleich

Krümel auf dem Tisch und eine aufgeschlagene Zeitung,
auf der Kante der Spüle ein Buttermesser mit Wäscheklammer

wir tanzen bis wir sterben

alle Schränke sind mit Zeitungsausschnitten beklebt,
jeder Bewohner hat seinen eigenen. Ich klaue
eine Scheibe Knäckebrot von Mai

das schmeckt gut, ist mit Zimt

wenn Gott eine mächtige Frau wäre
steht auf Sifs Schranktür und auf Lindas:

das Pastinakenprinzip

Gregers hat hier am längsten gewohnt, seine ist völlig zugekleistert

Münzen sind wie das Blut im Körper

ich verstehe den Sinn nicht

doctor strangelove, August studiert Medizin

meine Schranktür ist leer

ich überlege ob der vorherige Bewohner seine Ausschnitte
mitgenommen hat als er ausgezogen ist, zum Beispiel in
einer Plastikhülle

ich frage mich was da wohl stehen wird was mich betrifft

du warst hier!

plötzlich steht Sif in der Tür mit einer Tasche über der Schulter,

hast du's gesehen?

sie zeigt auf die Pinnwand, ich habe einfach
dein Profilbild von Facebook genommen

jetzt bist du offizielles Mitglied der Familie

Die Regale quellen über im Netto

die Paprika sind groß und knackig

die Temperatur im Laden ist angenehm

hier sind nur ich und eine kleine ältere Dame
wir zuckeln mit unseren Einkaufswagen durch die Gänge

das Zimtknäckebrot ist im Angebot
Glück muss man haben

ich nehme drei Packungen

wähle einen Weißwein aus, das fühlt sich so erwachsen an

Liebfrauenmilch

auf einem Wühltisch stoße ich auf eine rote Keramik-
schale,
die ist schön und billig. Die haben in diesem Laden
ja alles was das Herz begehrt

Handseife, Salzstangen

an der Kasse gibt es Probleme mit dem Bondrucker

einen Moment sagt der junge Mann

keine Eile sage ich. Brauchst du Hilfe?

nein das ist nur die Spule

ich lächle die ältere Dame an und fühle mich
mit allem verbunden was ich sehe

ein Teil eines riesigen Kreislaufs

sie steht neben einem hohen Stapel Einkaufskörbe

ihr Haar ist dünn und weiß

es richtet sich ganz langsam auf während wir warten

elektrisch aufgeladen

sie bemerkt es nicht,

die ganze linke Seite

am Ende steht es waagerecht in der Luft

ich bin so voller Glück
als hätte sich alles in mir geöffnet

dann klickt der Apparat

er gibt einen rollenden
und sehr befriedigenden Laut von sich

Immer drei teilen sich einen Kühlschrank

Hannibals Fach – das reinste Durcheinander

Schmelzkäse und Bacon und ein Plastikbehälter
mit Nudelsalat der allzu alt aussieht

Gregers hat vor allem Packungen mit Aufschnitt

Krustenbraten und Rollwurst, Kassler

schnurgerade platziert

ich lege meine Sachen rein, das sieht ordentlich aus
ich öffne und schließe ein paarmal die Tür

ich schütte eine Tüte Äpfel in eine Margretheschale

esst nur!

das ist das erste was ich ins Küchenbuch schreibe

LG Asta

dann radiere ich Asta aus und schreibe 5F

so machen es die anderen wie ich sehe

Ich lade Mai zum Housewarming ein

oh sagt sie am Haustelefon,
ich habe mich schon zu einem Abendspaziergang mit August verabredet,
hörst du Anne Linnet?

dreimal Klopfen als wir aufgelegt haben

ihre Stimme, dann seine

ich stelle die Musik leiser und lausche

zwei verschiedene Tonlagen

Schritte und Lachen

die Glastür

dann ist es still

ich öffne das Fenster zum französischen Balkon. Windstille

ich hole den Weißwein und die Salzstangen,
ein Glas mit Stiel. Ich platziere alles auf dem Fußboden,
setze mich auf ein Kissen und sehe mich im Zimmer um

ich fühle eine himmlische Ruhe

mein Bücherregal

der Korbstuhl und der Schreibtisch

der Zimmerschlüssel

den ich in die rote Schale gelegt habe,
da soll der Schlüssel seinen festen Platz haben

auf dem Fensterbrett ein Kaktus

ein Zuhause. Meine Hand

die das Glas hebt,

meine Sachen im Kühlschrank

und Mai dort draußen mit August in dem goldenen Licht

der Wein ist eiskalt,

und die Salzstange!

ich muss fast weinen

was für eine wunderbare und einfache Erfindung

Die Tage sind lang und ruhig

die anderen müssen zu Vorlesungen und kümmern sich
um ihre Jobs

ich lese Zeitung und löse Kreuzworträtsel,
wasche ab und kaufe dies und das ein

ich fange an Milchbrötchen zu backen

experimentiere mit Kernen, verschiedenen Mehlsorten

fühle einen inneren Frieden

der aufgehende Teig

ich sitze vor dem Backofen und beobachte was da vor
sich geht

lege die Milchbrötchen in einen Korb mit
einem Geschirrtuch darüber, gehe herum und freue mich
auf die anderen

es duftet bis zum Fahrstuhl sagt Sif

verdammt lecker sagt Hannibal,
gibt mir bitte mal jemand die Butter!

ich sitze am Tischende und lächle und lächle

Mai will mit mir ins Carlsberg-Besucherzentrum

sie möchte gern die Brauereipferde sehen

August kommt auch, das ist umsonst
sagt sie, wir treffen uns um vier in der Vorhalle

willst du rein?

er hält die Tür auf für eine blasse Frau

nein aber danke

du bist so galant. Mai wuschelt in seinen Haaren

und konstant charmant sagt er

sie lacht und zieht den Reißverschluss ihrer Jacke zu

ich weiß überhaupt nicht ob ich mich zur Erzieherin eigne
sagt Mai als wir draußen auf der Allee sind

sie macht ein Praktikum in einer Kita in Tårnby

heute zum Beispiel sagt sie und steckt sich eine Zigarette
an

da habe ich ein riesiges Vorhängeschloss fallen gelassen
draußen im Rollschuhschuppen. Und habt ihr eine Ahnung
wie weich so ein Kinderschädel ist?

wurde ein Kind getroffen?

August springt auf einen Stein

nein sagt Mai und steckt das Feuerzeug
in die Zigarettenschachtel. Aber mich stresst das total

ich betrachte ein Mädchen ohne Kopf und linken Arm

August hockt vor einer Meerjungfrau

es zeigt sich dass das Besucherzentrum einen Skulpturengarten hat

dieses Gesicht hier ist wirklich gut gelungen sagt er,

seht nur den Blick

also wie lange wollt ihr noch das Eisen da anstieren?

Mai ist schon durch mit dem Garten

das ist Bronze sagt August

ja ja sagt sie, aber sollten wir jetzt nicht mal zu den Pferden?

im Stall ist es warm und still
als würde man in eine andere Zeit eintreten

das Licht fällt durch die Deckenfenster

die Pferde ähneln einander,

groß und hellbraun mit weißen Mähnen

Akselvinge und Toffer

ihre Namen stehen auf kleinen Messingschildern

Herkules, Lambada und Blue Moon

Mai lacht laut los

dies hier heißt Asta

glaube ich nicht sage ich

doch. Komm und lies selbst

wir scharen uns ums Pferd,
das kaut friedlich auf irgendwas herum
dann schnaubt es, beide lachen

na kleine Asta, Mai berührt das Maul

du bist doch ein süßes Pferd,

sie sieht mich an. He! bist du sauer?

nein sage ich. Das ist einfach idiotisch

das ist überhaupt kein Pferdename

Theoretisch gesehen

Gregers nimmt einen Schluck Kaffee, hat er nicht das Recht
einfach herumzugehen und an die Türen zu klopfen

wir sind in der Küche versammelt

jemand aus dem ersten Stock hat den Mann gesehen
der die Radio- und Fernsehgebühren kontrolliert
die interne Telefonkette ist in Gang gesetzt

Hannibal kam aus dem Trainingskeller hochgestürmt
um seinen Flachbildfernseher hinter der Kühltruhe zu verstecken, jetzt steht er
mit einem vollgeschwitzten T-Shirt da und brät Rösti von Frost

nicht zu fassen dass du es in diesem Keller aushältst,

Linda in Tights und mit Laufschuhen
sie trainiert für den Halbmarathon
zusammen mit ihrer Schwester die im dritten Stock wohnt

es ist dort so eklig und muffig sagt sie

wir haben gerade neue Hanteln bekommen,

Hannibal kippt sein Rösti aus der Pfanne

und der Teppich wurde gereinigt

hast du ihn gesehen?

August war draußen auf der Treppe um nachzuschauen

nee sagt er. Komisch sagt Mai

ich finde es eigentlich nicht gut nicht zu bezahlen
sagt Sif und hängt ein Geschirrtuch an seinen Platz

Linda sieht sie an

nach meinem Gefühl ist es einfach nicht in Ordnung
dass die Rentner
Ermäßigung bekommen, sie geht zum Fenster und öffnet es, der Pferdeschwanz schwingt,
und wir nicht sagt sie und ruft runter zu ihrer Schwester:

ich komme jetzt!

dann dreht sie sich um zu Hannibal der eine Flasche Ketchup schüttelt

jetzt will ich dir mal was sagen

das Hantelstemmen bringt nichts
wenn du dich so vollstopfst

sie zeigt auf seinen Teller

mit solchen Sachen
du musst Proteine essen

und viel mehr Gemüse

das wäre auch gut für deine Haut

die könnten das ja auch einfach über die Steuer einziehen sagt Sif

abends erfährt Gregers von zwei Mädchen aus der vierten Etage
dass es gar nicht der Gebührenheini war
sondern ein Vater in der Uniform der dänischen Bahn

der wollte nur ein paar Schlüssel abliefern

Der Hauptgewinn ist eine Monatsmiete

wir sitzen an langen Tischen in der Vorhalle
Fassbier in Plastikbechern und Krepppapier um die Lampen

die Stimmung ist ausgelassen

gib mir noch mehr von denen da

nein die orangefarbenen!

Hannibal hat gleich 10 Bingo-Karten gekauft, er steht unter Druck

Sif hat hektische Flecken auf den Wangen

Mai schaukelt hin und her und spricht eintönig:

Nummer zwanzig, Nummer zwanzig
please komm jetzt mit der Nummer zwanzig

ein Typ mit Engelsflügeln dreht eine große Trommel,
zwei Mädchen mit Glitzer auf den Wangen lesen Zahlen vor

Gregers hat einen Gutschein fürs Fahrradflicken gewonnen,
Linda ein Porträt eines unbekannten chinesischen Brautpaars
und August einen ausgestopften Fuchs

Nummer neunzehn rufen die Glitzermädchen im Chor

fünfunddreißig. Dreiundvierzig!

dreh noch mal die Trommel!

vierzehn rufen sie. Achtzig. Siebzehn!

ein Mädchen mit Brille aus dem ersten Stock hat Bingo

eine Fanfare ertönt, eine Welle von Buhrufen
alle aus dem siebten Stock werfen mit ihren Chips

dann ist Pause

die Schlange vor der Toilette ist lang

August steht direkt vor mir,
er hat den Fuchs unter dem Arm

mir ist leicht ums Herz und ich bin etwas beschwipst

ich möchte ihm gern etwas sagen
die Verbindung unterstreichen
die zwischen uns via Mai besteht

aber ich weiß nicht was

wir haben noch nie allein miteinander gesprochen

er sagt auch nichts

Jette möchte auf jeden Fall Jägermeister,

ein Typ mit einem großen Adamsapfel gibt eine
Bestellung bei einem Mädchen ab das in der Bar unter-
wegs ist

sie bewegt sich zielgerichtet

und einen Kübel Bier für mich und René!

Kübel sage ich zu August

das ist das schrecklichste Wort das ich kenne

er sieht mich an

Kübel und Katzenzungen sagt er

dann reicht er mir den Fuchs,

kannst du den mal halten während ich pisse?

man wird mit all seinen Zähnen geboren

ich bin schon auf dem Sprung, Mai

die liegen versteckt im Kiefer

in zwei Reihen

google das mal

ich muss zur Performance

mit Monica?

ja

man kann das auf Röntgenbildern sehen

heute morgen kam mir so der Gedanke

wenn du ein Kind bekommen
und bei mir einziehen würdest

heute Morgen

Das Künstlerduo heißt Tang und Smaragd

versprich mir dass du ein bisschen aufgeschlossen bist
sagt Monica

wir eilen die Treppe hoch, wir sind spät dran

keine Schuhe und Socken

die Performance findet in
einer Privatwohnung statt, ein korpulenter Mann
mit Nasenpiercing empfängt uns im Flur

er reicht uns ein Glas Rotwein

warum darf man keine Socken anhaben?

er sieht mich ernst an

das ist leider die Regel

komm jetzt sagt Monica

das Publikum sitzt barfuß auf dem Fußboden
um Tang und Smaragd herum die auf
zwei Hockern mitten im Zimmer platziert sind

sie haben beide die Augen geschlossen

der eine macht mit einer Flasche rhythmische Schwapp-
laute
der andere hat einen kleinen Klumpen Teig auf der
Schulter

ich trinke einen Schluck Wein

der ist sauer

auf einem großen Bildschirm über dem Sofa wird glitzernder Schleim geknetet

es ist sehr warm hier. Und ein merkwürdiger Geruch

vielleicht kommt der von all den Füßen

ich stelle mir Mais Gesicht vor wenn sie hier wäre

Monica stößt mich mit dem Ellbogen an. Psst!

der Mann mit dem Teigklumpen zieht sich jetzt
langsam und sinnlich ein Paar gelbe Gummihandschuhe an
und beginnt direkt vor dem Mikrofon einen Apfel zu essen

das Publikum schaut ihm beeindruckt zu

die Schmatzlaute sind intensiv

ich verschränke die Arme, bleibe einen Moment so stehen

dann drehe ich mich zu Monica um

ich gehe raus und warte

drei große Pils vom Fass rufe ich

Timing ist alles,

wir sind in einer Kneipe gelandet und dort mit einem Bauingenieur
ins Gespräch gekommen, er hat Geheimratsecken
und wohnt in Hedehusene, ich kann nicht herausbekommen
ob er Familie hat

und dann ein bisschen Malzsirup,

er backt mit Begeisterung Roggenbrot
und erzählt davon voller Enthusiasmus

he!

er schlägt mit der flachen Hand auf den Tresen,
ihr könnt gern einen Klumpen Sauerteig von mir bekommen

ich esse kein Brot sagt Monica

der ist über fünfzig Jahre alt sagt er

danke fürs Angebot sage ich

und dann erzähle ich dem Bauingenieur von
Tang und Smaragd, er muss sich die Tränen wegwischen

Monica wirkt ein bisschen irritiert

es geht um das Erforschen von Sinnlichkeit sagt sie

als ich aufstehe um auf die Toilette zu gehen
lässt der Bauingenieur seine Hand
über meine Lende gleiten

du hast ein Herrenfahrrad sagt er

wir gehen zusammen den Alhambravej runter, er sucht sein Auto

es ist drei Uhr nachts

du kannst doch jetzt nicht nach Hedehusene fahren sage ich

du bist stockbesoffen

er stolpert über einen Bordstein, ich habe plötzlich Lust
auf Sex

au zum Teufel sagt er außer Atem
ich sitze hinten im Auto, die Bluse über den Brüsten
hochgezogen,
er kämpft mit einem Kindersitz

in einem klaren Moment sehe ich die Szene von außen

wo willst du hin?

er blickt mir verwirrt hinterher

danke für den Abend sage ich und schwinge das Bein
über den Sattel,

nimm dir ein Taxi

Ich habe ziemlich oft an August gedacht

Mai legt den Nagellack auf den Couchtisch

ich gebe Bertram Milch, er hält selbst die Flasche

seit wir diese Einladung bekommen haben sagt sie

okay sage ich und streichle ihn
in der kleinen Vertiefung im Nacken

er war irgendwie sehr. Hm,

Mai pustet auf ihre Finger

sexuell

wenn man das so formulieren kann,

sein ganzes Wesen

irgendeine wilde Energie die in mir
große Lust weckte ihn die ganze Zeit zu fressen

darf man das so sagen, jetzt wo er tot ist?

ja sage ich

Bertrams Nackenmuskel bewegt sich
rhythmisch während er trinkt

etwas drückt gegen meinen Beckenboden

kannst du dich nicht an Partys erinnern sagt Mai

wie sehr ich da eifersüchtig werden konnte?

Wolkenbruch auf dem Heimweg

ich suche Schutz in einem Hauseingang

Entschuldigung,

ein Mann springt auf den Treppenabsatz

roter Bart und hellblaues Hemd,
das auf den Schultern dunkel ist vom Regen

das sieht schön aus

als ob der Stoff schillert

ich rück mal eine Arschbacke sage ich

danke, er sucht in seiner Hosentasche

genau genommen wohne ich hier

na okay. Wir lachen beide,
er steckt einen Schlüssel ins Schloss

ich rücke mal eine Arschbacke

das bleibt in meinem Kopf hängen als er verschwunden ist

Arschbacke Arschbacke Arschbacke Arschbacke

dann kommt er plötzlich wieder raus, ich fahre zusammen
er lächelt mich an und spannt einen Regenschirm auf

ich blicke ihm nach als er den Fußweg runtergeht

er hat eine Stofftasche von Irma geholt

wie kann man nur bei so einem Wetter einkaufen?

vielleicht bekommt er heute Abend Gäste. Wie es hier duftet
sagt seine Schwester im Flur, wo soll der Wein hin?

ich bleibe zwanzig Minuten lang stehen
und warte darauf dass er zurückkommt

ich überlege kurz ein Foto von der Gegensprechanlage zu machen

dann gehe ich hinaus in den Regen

Ich friere als ich nach Hause komme

wenn ich mich in einem bestimmten Winkel
unter die Dusche stelle, sieht es aus als ob

Wasser aus meinen Brustwarzen spritzt

Den ganzen Abend liege ich da und starre in die Luft

ich bin in einer seltsamen Stimmung

ich bekomme eine SMS und lebe etwas auf
aber die ist von meiner Mutter

willst du nicht unser überschüssiges Klo
haben? Zum Januar? Ib wird es bestimmt
einbauen, dann ist er ja in Rente

Mai geht mit mir in ein Café um Bewerbungen zu schreiben

sie haut kräftig in die Tasten,
seit der Geburt ihres Kindes bekommt sie Arbeitslosengeld

ich bin gerade mit einer Passage beschäftigt in der es um einen Zementmischer geht

das läuft ja wie geschmiert heute

sie trinkt einen Schluck Kaffee,
und wie läuft es bei dir?

au verdammt

sie stellt die Tasse wieder hin,
viel schreibst du gerade nicht, oder?

ich sehe sie an. Sorry, sie hebt die Augenbrauen
und wischt mit ihrer Serviette ein paar Tropfen vom Tisch

erst dachte ich das wäre Blut

eine Gruppe Freundinnen hinter uns isst Tapas

sie reden sehr laut

aber dann hat sich der Schleimpfropf gelöst, kommst du an die Tapenade ran?

Aioli und Kekse. Schorf und Olive

ich kann mich nicht konzentrieren

die eine hat ein Stück von der Nabelschnur eingefroren

Stammzellen sagt sie und zieht den Fettrand von einer Scheibe Serrano-Schinken ab. Wenn er zum Beispiel Leukämie bekommen würde

wann hast du morgen deine Lesung fragt Mai

halb acht sage ich

dann sind zwanzigtausend ja nichts sagt die Frau

perfekt sagt Mai, meine Mutter passt auf Bertram auf

jedenfalls wenn man es *so* betrachtet

jetzt bekomme ich große Angst

das was sie da über die Stammzellen gesagt hat

hätte ich mich vielleicht auch darum kümmern sollen?

Bist du die Erste?

Mai sieht sich in der Buchhandlung um

ich bin Nummer vier sage ich, also nach der Pause

super sagt sie, dann kann ich ja noch mal raus und eine
rauchen?

der erste Vortragende ist jung und steht zu weit weg
vom Mikrofon. Er hat Probleme mit seinen Blättern,
das Haar fällt ihm in die Stirn

ich fühle mich ihm sehr verbunden

der zweite schreibt Romane mit sehr schwierigen Titeln
und wirkt unglaublich genervt während er liest. Als
würde er
das Publikum als große Belästigung empfinden

Mai sitzt lange mit gerunzelter Stirn da

dann lehnt sie sich rüber zu mir

spielt das in einem Raumschiff?

das glaube ich nicht sage ich

der dritte Vortragende macht nach den Titeln seiner
Gedichte
sehr lange Pausen. Ihn begleitet ein Elektronikmusiker
der Laute von Regentropfen abspielt

und von Pferden die laufen

Mai sitzt unruhig auf ihrem Stuhl

ich gebe mir große Mühe sie nicht anzusehen

herrje! sagt sie in der Pause draußen auf der Straße,
das ist irgendwie nichts für mich, sie nimmt einen Schluck
von ihrer Cola und wendet sich zwei jungen Frauen zu

das war wie auf einer Beerdigung, was meint ihr?

sehr interessante Zusammenarbeit

höre ich mich selbst zum Dichter mit den Pferdelauten
sagen,
ich weiß wirklich nicht warum ich das sage

er nickt nur und macht einen tiefen Zug aus seiner Zigarette

der Genervte stellt eine Bierflasche auf der Treppenstufe ab,

wie schön dich jetzt gleich auf der Bühne zu sehen sagt er

dann wird der Abend nicht allzu existenziell

nach der Lesung sind wir in Klovnens Bodega

der Genervte sitzt am Ende eines Tisches und macht sich
wichtig,
Mai ist nach Hause gegangen um ihre Mutter abzulösen, ich
stehe
mit dem jungen Autor und dem Inhaber der Buchhandlung
oben an der Bar

er ist freundlich und ziemlich klein

wir sprechen über Electric Boogie, sie haben beide als Kinder
an so einem Kurs teilgenommen. Wir lachen viel
und geben abwechselnd eine Runde aus

du musst mir einfach mal ein paar Moves zeigen,

später in der Nacht gehe ich zusammen
mit dem Buchhändler die Nørrebrogade runter

halt mal mein Rad sagt er

dann wirft er sich auf den Gehweg

und liefert eine wirklich traurige Version des Wurms ab,
er hat überhaupt nicht den Unterkörper im Griff,
ich lache laut und bekomme etwas Spucke falsch in den
Hals,
er kommt auf die Beine und schlägt mir kräftig auf den
Rücken

an der nächsten Kreuzung fragt er:

du wohnst doch eigentlich auf Amager, oder?

schon sage ich. Aber so ein großer Umweg ist es auch
nicht

wir unterhalten uns weiter, er ist doch nicht so klein

ich stecke mir heimlich einen Kaugummi in den Mund

na

er bleibt mit dem Rad stehen

ich muss hier ab

also wir könnten ja auch,
ich schlage mit der Hand auf seinen Sattel

noch ein Bier trinken? Irgendwo?

ach! sagt er, das klingt verlockend
aber ich kann leider nicht

vielleicht eins teilen?

das wird nichts, er stellt das Rücklicht an

ich suche den Blickkontakt,
meine Hand liegt noch immer auf dem Sattel

er sieht hoch und lächelt

ich muss nach Hause und die Matratze belauschen sagt er

meine Freundin hat morgen Geburtstag

war es gestern lustig?

ging so

waren ein paar Nette dabei?

nee

na

was zum Teufel soll eigentlich so eine Frage entschuldige mal aber als wäre es für mich das große Glück irgendeinen Idioten zu treffen als würde man deswegen mit anderen Menschen reden das ist einfach ein lächerlicher Lebenstraum das ist doch nicht das worum sich das Ganze dreht sich verlieben und sich vermehren ich könnte kotzen alle werden trotzdem geschieden oder sind untreu alle müssen trotzdem sterben dann ZIEHT man jemand GROSS dann gibt man ihnen Brei und Bananen und dann können sie sich aufrichten wie TOLL und dann geht man rum mit dem Gefühl es steckt ein SINN IN DEN DINGEN es ist verdammt noch mal kein Sinn darin sieh es mal in einer größeren Perspektive Brei und Bananen Brei und Bananen das macht doch keinen Unterschied gebrauch doch mal dein Gehirn es ist einfach Frühling und Frühling und Frühling in dem fucking UNENDLICHEN und die Welt ist total in die Brüche gegangen du brauchst nicht mal deinen Eimer für Bioabfall WAREN EIN PAAR NETTE DABEI??????

GLS liefert mir ein Paket mit Sauerteig in einem Weckglas

wie hieß das noch

das woran August gestorben ist?

seine Herzkrankheit

hallo antworte bitte

etwas mit b?

Brugada

ah ja

ich hab mich nie
richtig bedankt

wofür?

dass ich was zum Anziehen hatte

und Essen

dass du bei mir geschlafen hast

jede Nacht wochenlang
für all das was du damals für mich getan hast

Mai, es reicht

ich möchte gern mit
ins Blomsten, Asta

ich weiß

Wir beerdigen meine Tante

meine Cousine hat ihre Augen,
sie blinzelt und blinzelt

ein Muskel arbeitet in ihrem Kiefer

mein Onkel ist dünn geworden

mein Cousin fummelt am Gesangbuch

er wohnt in Berlin und hat eine Freundin die
Kunsthandwerk macht, ihre Hand ruht auf seinem
Schenkel,
am Dienstag fahren sie zurück

es lindert den Schmerz wenn man daran denkt:

Keramik. Ein Flugzeug hebt ab

das Haar der Pastorin ist kupferfarben, sie spricht leise

als hätte sie Angst einen Schlafenden zu wecken

ist da überhaupt Platz für dich, Asta?

ich fahre nach der Zeremonie mit der Cousine meiner
Mutter
und ihrem neuen Mann Karlo,
er ist ziemlich korpulent. Die Cousine meiner Mutter
arbeitet in einer Baumschule in Brøndby Strand

ich sitze hinten im Auto
zusammen mit fünf großen Säcken Erde,
einen davon habe ich auf dem Schoß

kannst du den Sitz nicht ein bisschen nach vorn rücken,
Karlo?

das ist okay so sage ich hinter dem Sack

und geht es gut mit dem Schreiben fragt die Cousine
meiner Mutter

wir machen uns manchmal schon Sorgen um dich,
du hast dich ja für ein unsicheres Dasein entschieden,
das habe ich vorhin auch zu deiner Mutter gesagt

und dann so ganz allein

Asta ist Schriftstellerin sagt sie zu Karlo

na sieh an, er dreht sich leicht um

hast du was geschrieben was man kennt?

ein paar Kilometer hinter der Kapelle ist dann der Leichenschmaus

Schnaps und belegte Brote,

rote Augen um die runden Tische

danke sagt meine Cousine

sie stillt in einer Ecke, ich reiche ihr
einen Napoleonhut auf einem Pappteller

wie geht es dir?

sie stellt den Teller zur Seite

ich weiß es eigentlich nicht sagt sie
ich habe nicht richtig Zeit darüber nachzudenken,
sie legt eine Stilleinlage ein

wegen ihr hier

sie knöpft ihre Bluse mit der einen Hand zu,
machts dir was aus sie mal kurz zu halten?
ich muss dringend pinkeln

die Tochter meiner Cousine heißt Molly

sie ist schwer und warm

ich streichle mit dem Daumen ihre Nase

die Haut ist so weich dass ich
sie fast nicht spüre

Karlo ist am anderen Ende des Raumes aufgestanden

er bewegt sich in meine Richtung

er geht zurückgelehnt
als wäre sein Bauch eine große Trommel

ich will dir mal einen Tipp geben

er setzt sich mir gegenüber

einer meiner früheren Angestellten hat ein Buch heraus-
gegeben
das handelt davon wie man selbst Bier braut, darf ich?
er zeigt auf den Napoleonhut,
und ob du es glaubst oder nicht
so ein Scheiß bringt Geld

er isst die Hälfte mit *einem* Happs

das kannst du dir ja mal überlegen

er nimmt noch einen Bissen, er füllt den Stuhl ganz aus

damals hatte ich eine Menge Leute unter mir,
er kaut und schluckt. Vor dem Bandscheibenschaden

davon hast du vielleicht gehört

nein sage ich. Wiege und wiege

na sagt er und pickt Krümel
mit dem Finger auf, aber dann weißt du es jetzt

ich habe auch schon mal daran gedacht ein Buch zu schreiben,

er seufzt tief

aber das Problem ist ja
Zeit dafür zu finden. Ja die sind einfach süß,
er nickt Richtung Molly und schenkt sich einen Schnaps ein

wie alt bist du eigentlich?

dreiunddreißig sage ich

er hebt sein Glas

ich stelle mir vor die klare Flüssigkeit ist Gift

ticktack sagt er

Gegen Mitternacht schließe ich meine Tür auf

meine Wohnung riecht nach Roggenbrot

ich stehe einige Zeit im Mantel auf dem Gang

dann gehe ich in die Küche und klopfe
das Brot aus der Form, es ist immer noch warm
ich schlage es in ein Geschirrtuch

und drücke es an mich

es hat eine wunderbare Schwere

Ich kann nicht einschlafen

die Zementfabrik in der Dämmerung von außen gesehen
eine große Auswahl an Büsten, eine Karte über Bydgoszcz
und ein Foto von Lysander Milo mit Selbstauslöser aufgenommen

ich stehe auf und drucke eine Menge Bilder aus

hänge sie an die Pinnwand in meinem Zimmer

in der Mitte mit Versalien: sein Name

das soll der Buchtitel sein

ganz einfach, das wusste ich von Anfang an

ich trete einen Schritt zurück und sehe Milo an

es gibt in seiner Produktion keine Selbstporträts,
das ist ungewöhnlich. Nur dieses eine Foto

es ist ganz anders als seine übrigen Werke

gekünstelt, posierend

sein Blick ist ernst, fast arrogant
direkt auf die Kamera gerichtet
aber es ist als würde er mich nicht ansehen

wohin blickt er?

ich stehe lange da und betrachte ihn

dann öffne ich ein leeres Dokument:

Ich bekomme eine Einladung zu einer Gedenkfeier am 29. Juni im Blomsten

was machst du?

ich habe 1000-mal angerufen

antworte doch bitte!

HALLO ASTA!

jetzt mache ich mir langsam Sorgen!

Ich bin ja nicht sauer auf dich sagt Mai

ich finde es schön dass es
mit dem Betonbuch vorangeht, aber ich vermisse dich einfach,
habt ihr so eine mit Glitzerdeckel?

wir sind auf dem Fisketorvet

wir haben uns vier Tage lang nicht gesehen

ich habe von morgens bis abends geschrieben und würde
am liebsten schon jetzt wieder an meinem Text arbeiten
der sprießt, lebt und wächst

mit gewaltiger Fahrt

ich habe Mai nicht erzählt dass ich jetzt über etwas anderes schreibe

wir könnten zu Dalle Valle gehen und ein Stück Kuchen essen?

wir stehen mit den Tüten auf der Rolltreppe

ich glaube ich will nach Hause sage ich und verspüre einen plötzlichen Schreibdrang

ich sollte es wohl auch besser lassen sagt Mai
aber kommst du eben mit zu Monki, ich beeile mich auch?

sie sucht einen Haufen Kleider zusammen

ich setze mich auf einen Puff vor der Umkleidekabine

sie zieht den Vorhang zu

ich spüre Unruhe in den Beinen

ich kann nicht entspannt sitzen
ein Nerv zittert unter meinem Auge

es dauert lange

steht es mir?

sie zeigt sich in einem türkisen Paillettenkleid

das ist kurz und stramm

wir suchen in einem kleinen Secondhandladen in der Istedgade
nach Kostümen für die Discoparty

es riecht hier muffig und nach Puder

ja sage ich, das ist echt geil

Tüll und Haarspangen

Perlenketten, Krawatten und Stilettos

wir laufen lange zwischen den Ständern herum

Mai probiert auch einen Pelz an

hab ich dir übrigens erzählt dass Augusts Mutter Künstlerin ist
fragt sie und riecht an dem einen Ärmel

nee sage ich

welche Art von Künstlerin?

Installationen glaube ich sagt Mai

und was mit diesen hier,

sie nimmt ein Paar Plateauschuhe
aus einem Regal. Die sind doch genau was für dich!

überhaupt nicht sage ich

eher dein Ding

Ich will nicht nach Kneipe stinken. Kannst du das nicht verstehen?

Linda und Hannibal streiten sich als wir nach Hause kommen,
sie knallt die Küchentür zu und ruft draußen vom Gang:

du bist echt krankhaft egozentrisch!

es ist eine Diskussion die immer wiederkehrt

wenn Hannibal auf seinem Zimmer raucht
zieht der Rauch durch die dünne Wand im Flur
und hinein in Lindas Kleiderschrank

sie hat ja wohl den Verstand verloren sagt er
und schneidet einen Gefrierbeutel auf

das ist ja nicht meine Schuld

er schüttet den Beutelinhalt in eine Pfanne

es qualmt gewaltig

er rührt mit einem Kochlöffel

das ist ja ein bautechnisches Problem
sagt er und sieht sehr unglücklich aus

findet ihr denn das ist meine Schuld?

Mai rümpft die Nase. Was brätst du da?

Hühnerleber von Lidl, sein Gesicht hellt sich auf

das ist reines Protein

Wonach riechts hier?

Sif kommt spät vom Sozialministerium nach Hause

Hannibals Leber sage ich

Mai und August büffeln Hautschichten

stratum basale sagt er, stratum spinosum

ja sagt Mai. Sie sitzen einander gegenüber,
ich trinke Kaffee und löse ein Kreuzworträtsel

weiter sagt sie

stratum, hm. Warte. Granulosum?

wir müssen übrigens daran denken Lasagneblätter zu kaufen
sagt Mai. Für Freitag, das habe ich Sif versprochen

stratum granulosum oder was?

na ja sagt sie. Weiter

stratum lucidum und stratum corneum

perfekt, sie klappt das Buch zusammen

wie könnt ihr euch das alles nur merken
frage ich. Also diese medizinischen Begriffe

Britney Spears Glows Like Candy

ich runzle die Stirn

das ist eine Eselsbrücke lacht er,

für die Hautschichten. Man benutzt die Anfangsbuchstaben

hm sage ich, das ist clever

was ist clever sagt Mai

du bist weit gekommen,

August langt nach dem Kreuzworträtsel

darf ich mal sehen?

ach nein, Mai schaut ihn verärgert an,
wir wollten doch zu Netto

ich denke ich habe oben einen Fehler gemacht,

ich zeige darauf

LINIE mit acht Buchstaben

muss auf R enden

das ergibt doch keinen Sinn

nee das sehe ich auch so,
er kratzt sich mit dem Bleistift an der Augenbraue

Mai steht auf. Mein Gott, seid ihr langweilig

aber FROST mit sechs Buchstaben sagt er
das kann ja nur WINTER sein?

also muss die LINIE auf R enden

genau!

ich beuge mich über den Tisch,

LINIE

was zum Teufel kann das sein?

Mitten in der Nacht bekomme ich eine SMS von August

AEQUATOR!

Verdammt das kratzt vielleicht

Mai zieht das Paillettenkleid mit der einen Hand runter
sie steht am Fenster und raucht,
das Zimmer riecht kräftig nach Red Door

das ist ein Oma-Deo das du da benutzt sage ich

sie lacht und pustet Rauch aus

weil ich in meinem Innersten eine Greisin bin

sie hat rosa Lippen und ihr Haar aufgedreht

ist das überhaupt Discolook frage ich

was?

krauses Haar, ist das nicht eher Achtzigerjahre?

das ist doch egal sagt Mai

oha, Linda starrt sie von oben bis unten an
als wir in die Küche kommen. Das ist ja das volle Programm

sie selbst hat ein schwarzes Cocktailkleid an

die Lasagne ist zu salzig

wir essen Baguette und trinken Filur

die Jungs haben im Internet goldfarbene Anzüge
aus dünnem engsitzenden Material gekauft,
Sif hat einen lila Lidschatten aufgetragen und die Playlist gemacht

die Stimmung steigt und steigt

Kim zum Teufel, komm endlich!

um neun geht die Tür auf,

alle jubeln und klatschen

ich habe Kim erst ein paarmal getroffen,
er studiert Philosophie und hat oft beiges Zeug an,
meistens isst er auf seinem Zimmer

hallo

er trägt eine Afroperücke

ich habe nicht geglaubt dass du kommst, Sif reicht ihm ein Bier

nee sagt er. Das habe ich selbst nicht geglaubt

gegen Mitternacht gehen wir runter zur Party in der Vorhalle

ein Chaos von verkleideten Menschen

günstige Getränke und Strobo

oh Entschuldigung,

August berührt meine Schulter mit seiner Bierflasche

die ist kalt, ich kriege eine Gänsehaut

mein Gott, kenne ich dich nicht von der Uni, vom Panum?

ein Mädchen in weißem Hosenanzug beugt sich rüber
zu ihm und fängt ein Gespräch an

ich stelle mich zu den anderen

ich finde einfach nicht dass das angemessen ist,
Linda saugt an ihrem Drink, ich bin vielleicht diejenige
von allen die am wenigsten Zwiebeln verbraucht

sie diskutieren über günstige Angebote

wir müssen das auf dem nächsten Treffen besprechen
sagt Sif
und kratzt sich am Auge, ah nein habe ich das jetzt
verschmiert?

Mai hört nicht zu

sie betrachtet August und das Hosenanzugmädchen,
sie stehen dicht zusammen und unterhalten sich sehr
intensiv

prost sage ich

sie antwortet nicht, ihre Augen sind verkniffen

halt mal,

sie reicht mir ihren Drink

dann durchquert sie den Raum

sie sagt etwas zu dem Mädchen das tief beleidigt blickt

und schleppt August

auf die Tanzfläche

ich setze mich auf ein Sofa und beobachte sie

sie tanzen eng, ein glitzerndes Tier mit vier Beinen

sitzt hier jemand?

ein Typ lässt sich neben mir aufs Sofa plumpsen

du sitzt da sage ich

seine Schenkel sind sehr lang

was trinkst du da?

ehrlich gesagt das weiß ich nicht, ich nehme einen Schluck
von Mais Drink. Diddeldaddel sage ich
und hebe den Plastikbecher,

prost

prost sagt er. Niels Kitzler

wie?

ich heiße Niels Kitzler

ich sehe ihn an

so kann man doch nicht heißen

er studiert Mathematik und wohnt im zehnten Stock Mitte,
er spricht unglaublich leise. Sein Mund bewegt sich fast gar nicht,
er ist achtzehn Kilometer nördlich von Viborg aufgewachsen

in Nørre Rind

wie?

Nørre Rind sagt er

also wie in Rindvieh?

er scheint verwirrt

nein glaub ich nicht,
meine Eltern wohnen noch dort

wir sitzen einen Augenblick schweigend da

willst du tanzen?

ich tanze nicht sage ich

er nimmt einen Schluck von seinem Bier

ich auch nicht,

ich spiele Fußball

ich schreibe Gedichte

dann stehe ich abrupt auf und verlasse die Party

das habe ich noch nie jemandem erzählt

der Fahrstuhl ist gesperrt, ich nehme die Treppe
zwei Stufen auf einmal, stürze in mein Zimmer,
knalle die Schuhe in die Ecke und lege mich aufs Bett

es geht schnell

Gold und Pailletten, der Orgasmus tut weh

ein stechendes Ziehen durch den ganzen Körper

als ich zurückkomme ist das Sofa leer

ich kann Niels Kitzler nicht finden

August sitzt im Schneidersitz auf einem Tisch
im Hof, das Hosenanzugmädchen wedelt mit einer Zigarette
sie lacht und langt nach seinem Bier,
er sieht sie an während sie trinkt

die Leute rauchen und grölen, einer kotzt in eine Hecke

drinnen hat die Party ihren Höhepunkt erreicht

Mai tanzt mit Kim, sie sind aufs Fensterbrett geklettert

zwei Mädchen stehen an den Tresen gelehnt und betrachten sie

das ist die aus dem Fünften sagt die eine,
die glaubt wohl sie spielt in einem Musikvideo mit

die schwankt ja total sagt die andere

und erst ihre Frisur aus den Achtzigern

haltet die Klappe sage ich und schlage gegen ihre Drinks
Limes und Cocktailschirme fliegen durch die Luft,
sie schreien und springen zurück

ich bekomme auch einen Schreck

starre auf die Hand

dann drehe ich mich auf dem Absatz um,

was zum Teufel soll das,
ich höre wie sie mir hinterherrufen

bescheuerte Alte!

in der Küche ist niemand

der Bass dröhnt bis nach oben

ich gehe hin und her,
öffne und schließe die Hände,
atme heftig

mir tut etwas leid nur ich weiß nicht was

dann wird die Tür aufgestoßen

es ist Kim

er kommt mit Mai angeschleppt,
ihr Gesicht ist blutig

sie ist gestürzt sagt er außer Atem,

draußen auf der Treppe

ich bin sofort bei ihr und hebe ihr Kinn an,
sie taumelt auf ihren Plateausohlen herum

au sagt Kim, es strömt geradezu

das ist nur Nasenbluten sage ich
und bin auf einmal ganz ruhig

hol mal ein paar tiefgefrorene Himbeeren

er sieht mich an

oder Erdbeeren sage ich. Die sie lutschen kann,
dadurch verengen sich die Blutgefäße

da waren nur die hier,

Kim kommt mit einer Tüte Erbsen zurück

wir setzen Mai zwischen uns auf die Bank

ich drücke den Nasenrücken zusammen,
Kim füttert sie vorsichtig mit einem Teelöffel

sie gibt ab und zu einen Grunzlaut von sich

er lächelt mich verlegen über ihren Kopf hinweg an

verdammt, habt ihr sie umgebracht?

die anderen kommen kurze Zeit später hereingestürzt,
überall auf der Treppe ist Blut, sagt Hannibal
das ist ja wie in Shining

wasch das gleich aus

sage ich zu August nachdem wir Mai auf ihr
Zimmer gebracht haben, er lässt die Jalousien runter,
Kim hat das Bett gemacht und einen Eimer geholt

das Paillettenkleid liegt auf dem Fußboden

mit kaltem Wasser sage ich,
sonst bekommt sie das Blut nie raus

okay sagt August ohne sich umzudrehen. Danke

ich denke an das Mädchen im weißen Hosenanzug,
an die Art und Weise wie sie mit der Zigarette wedelte
und ich bekomme Lust seine Beine anzusägen

zu sehen wie er zusammenbricht

oder nein sage ich, gib es her

ich reibe und wringe an der Spüle
meine Hände werden rot vor Kälte

Kim stapelt Teller und leert Flaschen

wir stellen Tische an ihren Platz, saugen Staub
und waschen ab, schütteln eine lila Samtdecke aus

die anderen sind zu Bett gegangen

wir reden nicht viel

er stellt das Radio an und sucht lange nach einem Sender,
dann findet er klassische Musik und scheint zufrieden

Schubert

es geht mir erst etwas später auf
dass er das gesagt hat

es ist hell als wir fertig sind

ich öffne die Tür zum französischen Balkon

die Party ist vorbei, die ersten Vögel

ich beuge mich etwas vor

zwei Menschen küssen sich bei den Fahrradständern
der Mann hat ein Mountainbike zwischen den Beinen,
er muss auf dem Weg nach Hause angehalten worden sein

ich fühle mich plötzlich uralt

irgendwo hinter mir gibt Kim einen Laut von sich

dann legt er seine Hände um meine Hüften
und dreht mich um, er hat die Afroperücke abgenommen

einen Moment stehen wir so

Lippen an Lippen
leicht schwankend im Takt mit den Geigen

dann lässt er mich los

er riecht nach Suppe

Please, Asta

Mai überredet mich mit zum Fußball zu kommen

August spielt in der Mannschaft des Wohnheims,
es ist ein Turnierspiel im Fælledpark

Hintermann! ruft ein Typ mit Kniebandage,

das Spiel ist bereits im Gange als wir ankommen

wer sind wir fragt Mai

sie trägt runde Ohrringe und hat einen großen Dutt

ich habe gerade August entdeckt,

die Roten sage ich

jetzt sieht er auch uns

Mai winkt heftig, er macht etwas mehr Tempo

eine Gruppe Zuschauer sitzt auf einer Decke

die sind vom Grønjords-Studentenwohnheim und haben Bier und Limonade dabei

wie steht das fragt Mai

es sagt ein Mädchen mit Gesichtsbemalung
und Espadrilles. Es heißt: wie steht *es*

ich muss laut lachen, das Mädchen blickt mich sauer an

na dann wie steht *es* denn sagt Mai

zwei-null für uns sagt das Mädchen selbstzufrieden und
nimmt einen Schluck von ihrer Fanta

wir setzen uns ein Stück weiter auf unsere Jacken

los Jungs! Mai klatscht in die Hände
und holt eine Tüte Chips aus der Tasche

Niels Kitzler spielt auch in unserer Mannschaft

er ist leicht zu erkennen, er ist der Größte auf dem
Spielfeld

und sehr schnell,

das überrascht mich

pass auf die Sieben auf!

elegant, fast schwebend

ein langer Pinselstrich

die Sieben!

als würde er Linien und Muster
im Spiel sehen die für die anderen unsichtbar sind

ein harter flacher Schuss knallt gegen den Pfosten

deckt verdammt noch mal die Sieben,
der Torwart der Grønjordsmannschaft fuchtelt mit den
Armen

wenige Minuten später trifft Niels Kitzler,

der Ball schlägt oben im Winkel ein

die anderen stürzen sich auf ihn, rufen und schreien
und wuscheln in seinem Haar. Er sieht glücklich aus

fast verlegen

wir jubeln auch. August schaut rüber zu uns

dann wirft er den Motor an, spurtet nach vorn
und zurück, wirft sich in Zweikämpfe,
rollt auf dem Rasen, steht auf und gestikuliert

im Fußball ist er nicht besonders gut

das wirkt sehr aufreibend

etwas mehr Zynismus, Jungs
sagt in der Pause ein Typ mit Pferdeschwanz

die Spieler stehen im Kreis ein Stück von uns entfernt

Waden und Schenkel

Schweiß und schmutzige Shorts

August wischt sein Gesicht mit dem T-Shirt ab
man kann seine Bauchmuskeln sehen

dann winkt Niels Kitzler mir zu

woher kennst du ihn?

ach das ist einer mit dem ich mich auf der Party unterhalten habe

fescher Kerl sagt Mai

er heißt Niels Kitzler sage ich, aber so kann man doch nicht heißen

Mai lacht und gähnt lauthals. Entschuldige,
sie schüttelt die Haare. Ich bin etwas müde

wir haben die ganze Nacht geredet, willst du den Rest?

nein danke sage ich

nur weil ich verliebt bin sitze ich hier
sagt sie und stopft die Chipstüte in ihre Tasche,

Fußball ist das Langweiligste auf der Welt

worüber habt ihr geredet?

über alles Mögliche sagt sie und kratzt an einem Fleck
auf ihrem Hosenbein

und dann hat er mir was vorgelesen

also aus einem Buch?

hm, sie spuckt auf die Fingerspitzen,
nein etwas was er geschrieben hat

ich drehe mich zu ihr

wie geschrieben? Was meinst du damit?

Abends decken wir im Hof den Tisch

sind das Käsewürstchen?

Linda beugt sich über den Grill

da sind auch normale sagt Hannibal

wir trinken Rosé und diskutieren unter anderem über
Ketchupmarken

mir fällt es schwer mich an den Gesprächen zu beteili-
gen
ich schaue die ganze Zeit August an

ich habe das Gefühl als hätte ich ihn noch nie vorher
gesehen

das hier ist noch roh,

Sif hat ein Stück Hähnchenbrustfilet durchgeschnitten

die Kohle will nicht so richtig brennen,
Hannibal holt flüssigen Grillanzünder
wir essen Nudelsalat während wir warten

aber das ist nur ein Gerücht,

Gregers hat gehört dass der Hausmeister des Wohn-
heims ein Glasauge hat

wir dürfen nicht vergessen den Rost sauber zu machen
sagt Mai,
wegen der Ratten, sonst wird er wütend

mein Opa hatte zwölf Zehen sagt Kim und alle lachen

ei! Jetzt komme ich sagt Sif,

ich hab mal mit einem rumgemacht dem ein Arm fehlte

und ich hab das erst beim zweiten Date bemerkt

Worum ging es da?

wir stehen mit den dreckigen Tellern im Fahrstuhl

was meinst du?

das was August dir vorgelesen hat sage ich,

was er geschrieben hat

das weiß ich nicht sagt Mai

aber das wirst du doch wohl wissen

ich weiß es nicht mehr, Asta
sie lacht und stößt die Tür mit der Schulter auf,
oder ich kann es nicht erklären

vielleicht irgendwas mit einem Wasserturm

einem Wasserturm?

Gegen Mitternacht google ich

Wasserturm

auch wenn ich nicht weiß was das soll

ich stehe auf und gehe im Zimmer herum,
setze mich wieder, ich drehe mich ein paarmal
auf meinem Schreibtischstuhl, ich öffne ein leeres Doku-
ment
und schließe es, ich gehe in den Flur und sehe mich im
Spiegel

dann logge ich mich bei Facebook ein

hey August

die Nachricht taucht auf als ich auf send drücke

hey Asta schön dass du
zum Spiel gekommen bist mfG Niels K

Es ist schwer mit Mai zusammen zu sein

es ist als würde ich sie betrügen,

sie bestehlen

hast du eine Blasenentzündung?

ich muss die ganze Zeit auf die Toilette und Notizen machen

alles kann man gebrauchen und verbinden

das hoffe ich nicht, ich stecke das Handy
in die Tasche, wie wär's mit abwaschen?

wenn ich abtrocknen darf sagt sie

läuft es immer noch gut mit dem Betonbuch,

Mai zieht die Besteckschublade heraus

vielleicht kannst du mir bald mal daraus vorlesen?
manchmal fühle ich mich ein bisschen einsam sagt sie,
überhaupt nicht ein Teil von dem zu sein was du schreibst

als wenn du irgendwohin verschwindest

ich bin doch hier, ich schrubbe kräftig an einem Teller,
hat dir übrigens Michael geantwortet wegen des Geburtstags?

ihr Gesicht verdüstert sich. Natürlich nicht

Mais Ex ist Brandmanager bei Asics und hat sich das Gesicht seines Vaters
auf die Brust tätowieren lassen. Ist der Vater denn tot fragte ich
damals als sie mir davon erzählte, nee er wohnt in Ishøj
aber das ist schon verdammt seltsam wenn wir Sex haben

Mai wurde nach vier Monaten schwanger
Michael wollte das Kind nicht

Themenwechsel,

sie knallt die Schublade zu

ich soll ein Betriebspraktikum machen

cool sage ich und kippe dreckiges Wasser aus der Schüssel

wo denn?

Kopenhagens Kommunalverwaltung sagt Mai

nennt sich Kommunales Haus- und Grundeigentum & Materialbeschaffung
sie stellt eine Pfanne in den Schrank,
Ulla hat mir das besorgt

wer ist Ulla?

meine Beraterin im Jobcenter

die mit dem Kinn?

sie nickt

wann?

schon Montag sagt Mai

ich weiß gar nicht mehr wie das alles geht

Pausenbrot schmieren, mit Leuten reden

das stresst mich jetzt schon ein bisschen, Asta

die haben doch bestimmt eine Kantine sage ich, oh

der ist nicht ganz sauber

das macht nichts sagt sie

das erledige ich mit dem Geschirrtuch

Ich sage alles ab

Monica ist sauer
meine Mutter ist sauer
ein Bibliothekar in Vanløse ist sauer

mir ist es egal, ich schreibe

wenn ich mich mal nach draußen wage muss ich
immer wieder stehen bleiben und Notizen machen

oder einfach umdrehen und nach Hause gehen

Speichelfluss

aber im Gehirn. So fühlt es sich an

Ich finde eine Notiz von Bertrams Geburt

der Geruch auf der Geburtsstation: Blut und Butterkeks

Es kostet mich große Überwindung nach Næstved zu
fahren

Vortrag im Gymnasium

schon im Regionalzug bin ich reizbar,
die Toilette ist die ganze Zeit besetzt und ich bin
mir fast sicher dass zwei Personen reingegangen sind

An- und verkauf

ich starre aus dem Fenster

Änderungschneiderei

rege mich über die Schreibfehler auf an denen wir vor-
beikommen

GEBRAUCHWAGEN

warum gibt man sich nicht mehr Mühe
bevor man sich ein gigantisches Schild anfertigen lässt?

all diese Schlamperei auf der Welt

ich muss dich leider kurz unterbrechen,

in der Aula gibt es Probleme mit dem Ton

ein Dänischlehrer in Tweedjacke ist auf die Bühne
geeilt, keiner hat meine Einführung gehört

der Hausmeister wird gerufen, Unruhe in allen Reihen

ich stehe mit meinen Unterlagen unendlich lange da wie
in einem Schaufenster

meine Damen und Herren,

dann klopft der Dänischlehrer auf das Mikrofon
und ermuntert die Schüler zu erneutem Beifall

Showtime sagt er und zwinkert mir zu,

und du fängst einfach noch mal von vorne an

der Vortrag läuft sehr schlecht

ich bin überhaupt nicht anwesend

ich bringe meine Jokes verkehrt rüber
und die Pointen sitzen nicht

zögere und stottere und mache allzu lange Pausen

die Lehrer pusten in ihre Kaffeetassen

die Schüler schlafen

Hunderte von Pfauenaugen sehen mich
von einem Rock in der ersten Reihe an

eine Wut steigt plötzlich in mir hoch

was zum Teufel soll das
dass man hier wie ein scheiß Standupper stehen muss

sich bei Teenagern anbiedern muss, Perlen vor die Säue!

wo doch das Einzige was ich will das Schreiben ist

jetzt ergießt sich eine Flutwelle über die Stuhlreihen

und reißt alles Lebende mit sich fort,

wenn ich mir das oben von der Bühne aus vorstelle geht
es leichter

ja sage ich als es endlich zehn ist

Fragen?

totales Schweigen

ihr müsst euch nicht zurückhalten,

der Dänischlehrer in der Tweedjacke steht plötzlich
neben mir ohne dass ich das bemerkt habe

wir blicken in den Saal

na kommt schon, er klatscht in die Hände

ein Junge hinten rutscht unruhig auf dem Stuhl

ja, der Dänischlehrer nickt aufmunternd

der Junge kratzt sich am Auge

wie viel verdienst du?

zwei Mädchen möchten ein Selfie mit mir machen

ich versuche natürlich zu lächeln

hinterher tippen sie auf ihren Handys

die eine blickt hoch

wie heißt du noch?

wie lief es heute?

in der Behörde

und was genau
musst du da machen?

im Nordhavn wird ein Innovationscenter eröffnet
und ich soll beim Organisieren helfen,
ich bin verantwortlich für Servicevereinbarungen

für Matten Obst Milch und Kaffee

Hängematten?

Fußmatten

heute habe ich eine Mail
verschickt mit der Überschrift:

betr. Besichtigung von Matten

Asta?

ich treffe Linda im Rema 1000

ich habe acht Stunden durchgehend geschrieben,
ich habe Nachtzeug an und kein Make-up,
gehe wie ein Zombie zwischen den Regalen herum

sie steht in der Gemüseabteilung und befühlt Avocados

lange her,

sie sieht mich von oben bis unten an

dann taucht ihre Schwester mit einer Flasche Mineralwasser auf

die sind total unreif sagt Linda und zu mir:

na und wie ist so das exotische Schriftstellerleben?

sie glotzen beide in meinen Korb während ich rede

der ist voller Fertiggerichte und Pepsi Max

ach ja, kommst du zur Gedenkfeier?
Linda dreht sich zu ihrer Schwester um, du weißt
der mit der Hirnblutung

das war keine Hirnblutung sage ich

er hatte eine angeborene Herzkrankheit

ja ja sagt Linda

die heißt Brugada-Syndrom sage ich

jedenfalls mausetot auf der Küchenbank sagt sie
und Polizei und Ärzte auf der ganzen Etage, pfui Teufel
ich bin so froh dass nicht ich ihn gefunden habe

sie wirft die Haare nach hinten

irgendwie gut dass es Sif war, warst du es
mit der Herzmassage?

nein sage ich und habe Lust ihr auf den Mund zu schlagen

das war Kim

sie verdreht die Augen. Kim!

ihn hatte ich ganz vergessen,

sie dreht sich wieder zu ihrer Schwester um, du weißt
der Psychologe der immer in Beige ging

mein Kiefer spannt sich

er hat Philosophie studiert sage ich

stell dir vor er kommt sagt Linda

blöd dass es im Blomsten ist, da ist es so verräuchert,
war da nicht auch was zwischen euch?

zwischen mir und Kim?

zwischen dir und August

ich sehe sie an

nein

überhaupt nicht

na, sie zuckt mit den Achseln

ich dachte nur

schläfst du?

nein

die war so merkwürdig

diese Nacht. Mit der Tour de Chambre

wenn ich nicht
in dem Abstellraum gesessen hätte

wenn ich etwas hätte tun können

Mai

wir haben tausend Mal darüber gesprochen

keiner hätte etwas tun können

ich weiß

ich hätte mir nur gewünscht
dass er nicht allein war

SITZE ALLEIN

oh sorry

in einem Raum mit 300 Topfpflanzen

warte auf einen Mann der
sie besichtigen soll

alles heißt »besichtigen«

die Beerdigung

ich kann mich an fast
nichts mehr erinnern

am meisten noch ans Gesicht seiner Mutter

und dass die Sonne viel zu stark strahlte

danke fürs Abholen

Ach, du hast einen Sohn!

ich treffe vor der Kinderkrippe
eine Autorin meines Verlags

das wusste ich nicht,

sie beugt sich über den Buggy

wie heißt du, kleiner Klops?

ach sagt sie dann und sieht mich an,
er hat ja total deine Nase

er heißt Bertram sage ich

er wird im August zwei

Ich nehme ihn im Flur auf den Arm und stelle mich vor den Spiegel

Abends singe ich ihn in den Schlaf. Dann zeichne ich sein Gesicht

Ich soll den Bürostuhl meiner Tante erben

Idee meiner Mutter. Das ist *Qualität*

sagt sie mir am Telefon

meine Tante war Reflexzonentherapeutin

ihre Möbel werden in einem abgelegenen Lagerhaus aufbewahrt,

vor dem Haupteingang um 14 Uhr?
hat mein Onkel in einer SMS geschrieben
mit einer Sonne die lächelt

ich bin etwas zu früh da

ich lehne mich an eine gelbe Mauer und warte

ich denke an meinen Roman
der ist die ganze Zeit in mir

der liegt und leuchtet in meiner Brust

Asta!

mein Onkel winkt und blinzelt zum Himmel

ein Gittertor rollt zur Seite, eine Brise weht seine Haare hoch

wir müssen hier entlang sagt er

eine Glastür, ein langer Gang

er ist noch dünner geworden, fast durchsichtig

sein Hemd ist verknüllt, und dann einfach geradeaus
und nach links, er geht mit schnellen Schritten
und versucht munter zu klingen

die Möbel sind nicht gestapelt

die stehen so als wolle man den Raum einrichten

das ist einfach Qualität wie ich es schon deiner Mutter gesagt habe,
er rollt den Bürostuhl in die Mitte
und schlägt auf die Rücklehne. Lass dich nieder!

er ist eierschalenfarben und federt angenehm

ich habe noch nie so bequem gesessen

das freut mich dass er ein neues Leben bekommt
sagt er und lächelt mich an

seine Stimme dröhnt ein wenig

mir ist als würden wir uns in einer düsteren
und unwirklichen Version der Praxis meiner Tante befinden

vielen vielen Dank sage ich und lächle zurück,

man sitzt traumhaft

darf ich dir was anbieten, Asta?

mein Onkel sieht sich um,

oder nee. Das kann ich ja gar nicht

mach dir darüber keine Gedanken sage ich

die war doch schön,

er setzt sich auf die Liege und sieht mich an

findest du nicht?

die Beerdigung

sehr sage ich, waren das Maiglöckchen?

wir reden auch lange über den Pastor und das Wetter,
die Gesangbuchlieder

ihre Sachen sagt mein Onkel irgendwann,
all ihre Sachen. Es sind unglaublich viele

was macht man damit?

dann schlägt er sich auf die Schenkel

na sagt er und bleibt sitzen

wie geht es eigentlich dir frage ich

er sieht plötzlich ganz verloren aus

ich weiß es eigentlich nicht

dann wird sein Gesicht wieder sanft,

ich möchte lieber hören wie es dir geht sagt er

als ich dich da draußen stehen sah dachte ich du
strahlst so

bist du verliebt?

alles wird von den Behörden abgekürzt

BGV BIZ

BGG BBW

ich begreife nichts,
sitze nur da und nicke

BSZ DLZ

ich habe gerade in der Mittagspause mit einer Susse
aus dem Kaffeeteam gegessen

sie ist echt süß

ihr Sohn ist Schlachter bei Fakta

ohn dohn dehn
mama futter fehn
futter fehn mama dehn
ohn dohn dehn

kannst du dich daran erinnern? Was bedeutet das?

ist das Deutsch?

Mein Onkel fährt mich nach Hause

er hilft mir den Bürostuhl in die Wohnung zu tragen

und eine Kommode
eine Sammlung Matroschkas
eine Tischlampe, eine Blockflöte
ein Schachspiel, einen Korb
ein gerahmtes Plakat von einer Fußsohle
und eine hellbraune Lederjacke
mit zerschlissenem Futter

er wirkt aufgemuntert als wir uns verabschieden

versuche auszurechnen

wie viel Milch 2500 Menschen
insgesamt in einer Woche in ihrem Kaffee verbrauchen

jeder einen halben Liter?
ist das zu niedrig angesetzt?

1250 Liter Milch

das was mich damals bei August
am meisten überraschte war dass

der Tod so konkret war

nicht mystisch

sondern vollkommen physisch

Mai kommt unangemeldet zu Besuch

plötzlich meldet sie sich über die Gegensprechanlage

oh sage ich, das passt eigentlich nicht so gut

doch das passt sagt sie

nur auf einen Kaffee, ich hab früh frei bekommen

ich sehe mich hektisch in der Wohnung um

dann klappe ich meinen Laptop zu,
schmeiße meine Notizen in eine Schublade und schaffe es gerade noch
ein Foto vom Wohnheim von der Pinnwand zu entfernen

was zum Teufel ist das für ein Fuß?

sie zieht ihre Jacke im Flur aus

der ist von meiner Tante sage ich

und was ist das da?

im Wohnzimmer steuert sie direkt auf die Matroschkas zu,
die stehen in einem Karton auf dem Fußboden

die sind auch von meiner Tante sage ich
sie hatte Verwandte in Moskau,

vielleicht wäre das was für Bertram?

Mai nimmt eine Puppe heraus

glaube ich eher nicht sagt sie

die sind handgemalt sage ich,

völlig authentisch

sie macht auf nimmt raus macht auf nimmt raus

mein Gott ist die winzig, die hier

sie sieht sich die innerste genau an

dann legt sie sie hin und steht auf,

he warst du shoppen?

sie hat die Lederjacke entdeckt
die über einem Stuhlrücken hängt

nee sage ich, die ist eigentlich auch nicht meine

die ist ja ganz von Motten zerfressen sagt Mai und
schnuppert an einem Ärmel

ja aber wieso hast du all die Sachen bekommen?

einfach so sage ich und gehe mit einem schmutzigen Teller
in die Küche

ich muss mich einfach ihrem Blick entziehen

aber das ist doch irgendwie blöd höre ich sie sagen

und die da ist auch nicht deine,
sie muss die Kommode hinter der Tür entdeckt haben,
du hast doch überhaupt keinen Platz dafür, Asta

hier ist es jedenfalls ganz schön unaufgeräumt

und auch schmuddelig. Wieso eigentlich?

jetzt steht sie in der Tür, bei dir ist es doch sonst immer so ordentlich

das Blut schießt mir in die Wangen

ihre Gegenwart fühlt sich so übergriffig an

eine Bloßstellung

ich habe nicht um ihre Anwesenheit gebeten

um ihre Meinung, ihr Gerede

ich will allein sein

ich will mit meinem Text allein sein,
nur das ist wichtig

weil ich schreibe sage ich
und schleudere eine Gabel in die Spüle

begreif das endlich!

als Bertram schlafen sollte hat er deinen Namen gesagt

Hitzewelle Anfang Juni

die Sonne knallt ins Zimmer

ich kann auf dem Schirm nichts sehen

die Handwerker schleifen, ich höre es erst jetzt

ich entscheide mich für eine Pause und fahre mit dem
Rad nach Helgoland

Bäuche und Schönheitsflecke, Schenkel. Ich lege mich
zwischen die nackten Körper im Frauenbereich,
Knie und Kaiserschnittnarben. Ein Geruch von Salz und
Sonnencreme

ich schließe die Augen

meine Haut wird warm und zittrig,
eine große empfängliche Membran

Wellenschwappen unter den Brettern

Textbruchstücke tauchen auf und verschwinden

ich treibe an der Oberfläche des Schlafs

entschuldige dass ich störe

jemand tippt mir auf die Schulter

aber jetzt überwinde ich einfach meine Scham,
eine Frau mit hellroten Crocs hockt vor mir

Lone,

sie streckt eine Hand aus

ich habe dich ein bisschen beobachtet
sagt sie und schiebt die Sonnenbrille ins Haar ich will dir
einfach nur sagen: ich liebe dein Buch

sie hat ein glucksendes Lachen

und sieh mal zu dass du noch eins schreibst!

sie redet viel und schnell, eine Flut von Worten

ich versuche angestrengt mich unauffällig
mit einem Stück Handtuch zu bedecken

in erster Linie Reis- und Pastaproduktion,

sie hat ihr ganzes Leben in der Lebensmittelindustrie
gearbeitet
sie fing mit dem Bücherlesen erst an als sie in Rente ging

und jetzt bin ich regelrecht unersättlich

sie hat gerade einen Leseklub mit einigen Frauen ge-
gründet
mit denen sie im Fahrstuhl
in der Bibliothek in Roskilde feststeckte

glatte eineinviertel Stunden sagt sie,

wir lachen beide. Dann erblicke ich jemanden

schräg hinter ihr

Kimono und pechschwarzer Pagenkopf

mein Puls geht schneller. Es ist Augusts Mutter

Lone redet weiter

ich starre und starre

he sagt sie, bist du okay?

jetzt steht die Frau auf. Dreht den Kopf

ich halte den Atem an

aber das ist sie überhaupt nicht

sie muss heute auch ganz anders aussehen,
das geht mir erst jetzt auf. Zehn Jahre älter

zuletzt hatte ich sie auf der Beerdigung gesehen

mir kommen plötzlich die Tränen

ich glaube ich geh jetzt eine Runde schwimmen sage ich zu Lone,

war schön mit dir zu plaudern

gleichfalls sagt sie und kommt auf die Beine,

ich sitze hier auch nur rum
und rede Blödsinn

die Treppe ist grün und glatt von Algen

ich tauche unter

alle Laute verschwinden

ich möchte am liebsten hier unten bleiben

mich umschließen lassen, mich auflösen

ich spüre ein Stechen in der Brust

dann stoße ich mich vom Grund ab

Asta!

Mai ruft vom Ufer

wir gehen zum Kiosk, willst du auch was?

die Examenszeit ist in vollem Gange,
die ganze Küche ist zum Strand geradelt
Lesepause oder ich falle tot um
sagte Sif heute Morgen, sie schüttelt ein Handtuch aus
Hannibal und Gregers spielen Frisbee

August winkt mir mit einem roten Beutel zu

wir haben verabredet uns am Donnerstag unsere Gedichte vorzulesen

bei dem Gedanken kribbelt es in meinen Fingern

ja gern rufe ich

einen Croque Monsieur!

hey August

morgen:
bei dir oder bei mir?

du bestimmst

dann bei dir

check

wie viele Gedichte suchst
du aus oder schicken wir sie
uns im Voraus?

Texte

wir lesen sie prima vista

Asta

check

Ich google prima vista

ital. auf den ersten Blick

musikalische Disziplin, in der der Spielende oder
Singende nicht im Voraus Kenntnis vom Notenmaterial hat
und darum die Musik »vom Blatt« ausführt

ich lese noch einmal unseren Chat

er sagt nicht wie viele

ich drucke die fünf aus die ich habe
und lese sie mir laut vor

sitzend, liegend

das beste Gedicht handelt von einer Treppe, das ist sehr kurz

ich stelle mich vor den Spiegel

wechsle Tempo und Betonung

Um zehn klopfe ich an Augusts Tür

meine Gedichte sind in einer Klarsichthülle

ich bin nervös

Asta sagt er und verbeugt sich,
er hat zerzaustes Haar und Sweatpants an

sein Zimmer ist höhlenartig

dunkel und sehr unaufgeräumt

du hättest meinetwegen nicht sauber machen müssen

er lacht und reibt sich im Gesicht

ich gehe inspizierend herum

ein Mann ohne Haut von vorn und hinten gesehen

vier Skizzen von einem Jungen
mit einem Kaninchen im Arm,

die Wände sind voller Kunst und Anatomie

er folgt mir mit den Augen

ich bereue die Klarsichthülle

ein Oberschenkelknochen, ein Schienbein

Arterien

chambers of the heart

woher hast du den da?

über dem Bett hängt ein großer Wandteppich,
der ist unglaublich schön. Er zeigt zwei
anthropomorphe Gestalten die keimen oder wachsen

den Gobelin? Den hat meine Mutter gemacht

ich dachte sie macht Installationen

sie macht alles Mögliche

hat sie auch die da gemacht?

ich zeige auf den Jungen mit dem Kaninchen

ja sagt er

bist du das frage ich

ist das wichtig?

weiß ich nicht sage ich und gehe etwas
näher ran. Das könntest gut du sein

er zuckt mit den Achseln,

dann bin ich es eben

er hat einen Balkonkasten montiert,
der ist voller Kippen

grüner Daumen sage ich und er lacht wieder

was ist das da?

auf dem Schreibtisch steht ein silberner Koffer

vierundzwanzig Rückenwirbel sagt er
und stellt sich neben mich

ich ziehe eine Augenbraue hoch

das glaubst du nicht?
na dann mach ihn auf

der Deckel geht mit einem leisen Klick auf

der Koffer ist mit dunkelblauem Schaumstoff gefüttert,
die Knochen liegen sortiert in Fächern

sie ähneln Schmuckstücken oder handgeschnitzten
Figuren

ich nehme den kleinsten heraus,
drehe ihn zwischen den Fingern

das ist mein Opa sagt August

ich starre ihn an

beruhig dich sagt er, das ist einfach ein Modell

neben dem Koffer liegt ein Glitzerhaargummi
das ich wiedererkenne. Das ist Mais

DIE TAGE

und ein Stoß Papiere das sind wohl seine Gedichte

wir sehen sie gleichzeitig

ich bekomme heiße Wangen, August kratzt sich im
Nacken

sollen wir erst Kaffee machen?

ich musste eigentlich zur Vorlesung,
er drückt auf die French Press, eine lange Sehne
tritt auf seinem Unterarm hervor

die Wirbelsäule und Rückenmuskeln, er gibt einen
Schnarchlaut von sich

aber das hier ist viel lustiger

zurück im Zimmer puste ich in meine Tasse

na sagt er. Asta Canasta

jetzt können wir wohl nicht länger um den heißen Brei
herumreden

wir setzen uns im Bett einander gegenüber

August räuspert sich. Willst du anfangen?

äh ja. Ich streiche meine Blätter glatt,

warum nicht?

super, er fährt sich mit der Hand durchs Haar

wir sehen uns an

dann müssen wir lachen

ich habe so was hier noch nie gemacht sage ich

wie macht man das überhaupt?

Du wirkst wie jemand der gerade gevögelt hat

ich treffe Hannibal als ich
auf dem Weg zu meinem Zimmer bin

haha sage ich. Very funny

ich schließe die Tür hinter mir und betrachte mich im Spiegel

ich habe hektische Flecken auf der Brust und am Hals

meine Augen glänzen fiebrig

wir haben vier Stunden lang Texte diskutiert

ich fühle mich erschöpft und
total euphorisch zugleich

ich stehe mitten im Zimmer und muss lachen

lauter und lauter, fast hysterisch

dann fällt mein Blick aufs Handy,
es blinkt auf dem Schreibtisch

sieben verpasste Anrufe von Mai

und eine Nachricht in der Sprachbox

Ich schmeiße das Rad vor der Kita hin

ein Polizeiauto hält am Eingang

und wann war das?

ein großer Polizist spricht mit einem Erzieher
in Maoschuhen, ja das muss direkt vor der Mittagspause
gewesen sein

wann kommt Elliot wieder?

der Erzieher nimmt einen Jungen auf den Arm,
bald sagt er und zum Polizisten: so gegen halb zwölf

es riecht hier nach vor sich hin köchelndem Essen und
Flieder

ich kann Mai nicht sehen

ihre Nachricht war unzusammenhängend

aber ich habe verstanden:

sie hat vergessen die Haustür zu schließen

ein Kind ist verschwunden

ich glaube er langweilt sich,

ein Mädchen mit dunkelblondem Haar krabbelt an einem
Fahrradständer herum

er ist ja ganz allein

eine Erzieherin mit geröteten Augen
setzt sich schwerfällig daneben

und er hat kein Spielzeug dabei

ist das Elliots Mutter?

ein etwas kleinerer Polizist kommt mir mit ausgestreckter Hand entgegen

nein nein, ich schüttele heftig den Kopf

dann entdecke ich Mai

sie steht ein Stück entfernt von den anderen
an einen Schuppen gelehnt, sie ist leichenblass

sie starrt mich an

er ist tot sagt sie als ich bei ihr bin

Mai, ich nehme sie in den Arm

ihr Körper fängt an zu zittern

sie hockt sich hin und steht wieder auf,
fährt mit der Hand über den Mund,
sie spuckt und schüttelt den Kopf

ich bekomme keinen Blickkontakt mit ihr

er ist tot sagt sie, ich muss mich übergeben

ich versuche sie festzuhalten

sie schwankt hin und her

bring mich weg von hier sagt sie

Mai sage ich. Sieh mich an

wir sollten sie bemalen

wen?

die Steine sagt sie

ich sollte Steine sammeln, ich will
nicht hier sein wenn sie kommen

wenn wer kommt?

jetzt sieht sie völlig verrückt aus

die Eltern flüstert sie

ich lege meine Hände um ihr Gesicht

bring mich weg, Asta. Bevor sie kommen

ein Auto kommt auf dem Kies eingebogen,
wir drehen gleichzeitig den Kopf

ein Gefühl als würde die Zeit sehr langsam vergehen

als wäre sie unendlich schwer

massiv und merkwürdig,
neben sich

die Fahrertür öffnet sich in Slow Motion

eine Frau steigt aus

sie hat einen Blick wie ich ihn noch nie gesehen habe

sie steht genau in der Sonne

sie hat zwei verschiedene Schuhe an

dann reißt Mai sich plötzlich los,
sie geht direkt auf die Frau zu

es ist meine Schuld sagt sie

ihre Stimme ist klar und fokussiert
und so voller Dunkelheit dass es mir den Atem verschlägt

ich war es die die Tür nicht geschlossen hat

es ist meine Schuld

im selben Augenblick wird eine Tür aufgeschlagen
und ein Erzieher kommt aus der Kita geeilt,
winkt mit einem Telefon

Erklär es mir noch mal sagt Gregers

wir essen abends Spaghetti Bolognese

also sagt Mai und bricht ein Stück Baguette ab

er hat die Kita in Tårnby verlassen
und dann ist er einfach zum Friseursalon
seiner Mutter spaziert, sie lacht laut

plötzlich stand er dort in der Tür

gibst du mir mal den Parmesan sagt Sif,

wo liegt der Friseursalon?

in der Amagerbrogade sage ich

das ist ja ein ganz schönes Stück bis dahin sagt Hannibal,

wie alt ist der Kleine?

viereinhalb sagt Mai und sieht gerührt aus

dass er sich an den Weg erinnern konnte

wie eine Brieftaube!

hey Asta ich möchte gern koordinieren
bzgl. Freitag. Sollen wir uns vor
dem Wohnheim um 19 Uhr treffen? Wir könnten
ins Mønten oder evtl. Blomsten gehen (es sei denn
du kannst Rauch nicht ausstehen) Karrusellen ist eine
dritte Möglichkeit (aber dieselbe Situation
bzgl. Rauch) Ich freue mich auf einen gemütlichen
Abend mit dir mfG Niels K.

hey Niels

19 klingt gut

wir nehmen es prima vista

Passt auf euch auf Kinder

wir drehen uns um und blicken nach oben

kommt nicht zu spät nach Hause!

August und Mai lachen und winken,
sie lehnen sich aus dem Küchenfenster

entschuldige sage ich zu Niels Kitzler

das sind meine beste Freundin und ihr Freund,
die finden uns offenbar ausgesprochen interessant

sie war mit dir beim Fußball sagt er

und ich kenne August gut

vom Fußball

na ja! sage ich und denke plötzlich
dass sie sich nackt gesehen haben müssen

bitte!

wir sind im Café Snork, Niels Kitzler
stellt zwei schlanke Gläser vor mich hin

ich hoffe du magst Weißbier

er hat seine Jacke über die Stuhllehne gehängt

auf der Brusttasche seines Hemdes steht *shirt*

unser Gespräch ist merkwürdig

er sieht mich sehr aufmerksam an aber
es scheint so als würde er nicht ganz verstehen was ich sage

seine Stimme ist sehr monoton

und noch leiser als ich es in Erinnerung habe

ich muss mich weit über den Tisch beugen

Mathematik läuft eigentlich mehr darauf hinaus
eine Intuition zu haben

eine was?

Intuition sagt er

als auswendig zu lernen

was?

als auswendig zu lernen

Mathematik ist eine abstrakte Sache sagt er,
darüber denken die Leute nicht so oft nach

man findet sie hauptsächlich nur

in unseren Köpfen

Wir sind um halb zwei zurück im Wohnheim

wir warten auf den Fahrstuhl

Niels Kitzler steht ganz still da,
ich wippe leicht mit den Füßen

was?

ich habe nichts gesagt sagt er

na okay. Wir warten weiter

dann sagt er sehr laut:

hättest du vielleicht Lust zu küssen?

ich muss lachen,
er sieht mich überrascht an

war das eine falsche Frage?

nein sage ich. Das hat sich nur lustig angehört

er nickt einen Moment

aber hättest du?

er küsst erstaunlich gut

ich muss den Kopf weit zurückbeugen

nach einigen Minuten richte ich ihn auf
und tippe mit dem Zeigefinger auf seinen Brustkasten

steht auch *bike* auf deinem Fahrrad?

Ich bekomme einen Schreck als ich in die Küche gehe

shit, warum schläfst du nicht?

August sitzt mit hochgezogenen Beinen auf der Bank

ich mache ein Krypto-Kreuzworträtsel sagt er

um zwei Uhr nachts?

jemand muss sich ja vergewissern dass du sicher nach Hause gekommen bist

danke Mama sage ich. Was ist ein Krypto-Kreuzworträtsel?

setz dich, er klopft mit der Hand auf den Platz neben sich. Dann erkläre ich es dir

ich bin viel zu hungrig sage ich und öffne den Kühlschrank,

ich könnte ein ganzes Pferd verschlingen

na und wie lief's?

wir haben Roggenbrot und Mettwurst rausgeholt, August hat zwei Bier mit der Gabel geköpft

wollt ihr heiraten?

es ging so sage ich. Er ist groß

er ist nicht dein Typ

du kennst ihn doch gar nicht

ich kenne ihn wohl besser als du

und warum ist er dann nicht mein Typ?

er ist zu langweilig

er spielt gut Fußball sage ich

August sieht mich an

drei plus vier ist sieben sagt er
und schneidet eine Scheibe Gurke ab,

das meinst du doch nicht im Ernst

Mathematik ist genau genommen eine sehr abstrakte Sache,

ich nehme einen Schluck von meinem Bier

man findet sie hauptsächlich nur

in unseren Köpfen

Am nächsten Morgen liegt ein Krypto-Kreuzworträtsel vor meiner Tür

Ich löse es in einer Stunde und lege es in Augusts Küchen-
schrank

beeindruckend für eine Anfängerin

aber was ist XENION?

man darf keine Wörter erfinden

ein kurzes Sinngedicht

und TRENSE?

leichter Pferdezaum

touché

August sagt du bist gut

Mai bürstet Krümel vom Oberbett

gut worin?

im Gedichteschreiben sagt sie

wir haben zum Abendessen Blätterteigbrötchen mit
Mohn gegessen
und drei Episoden von Lost gesehen, wir liegen
mit großen Kissen im Rücken in ihrem Bett

hallo. Ja wirklich

ich verkneife mir ein Lächeln

okay sage ich

sie streicht ein Haarbüschel hinter mein Ohr,
einfach gemütlich dass wir hier zusammen übernachten

ja sage ich und nehme mir eine Kontaktlinse raus

wann kommt morgen seine Mutter?

Mai dreht sich auf den Rücken

um halb vier

Bist du vielleicht Mai?

ich treffe die Mutter an der Fahrstuhltür

Mai und August haben einen Himbeerkuchen gebacken
und Kerzen angezündet

nur über meine Leiche

die Mutter sitzt auf der Küchenbank und erzählt von
dem Katalogtext für ihre kommende Ausstellung,
sie ist mit dem Entwurf des Kurators unzufrieden

gestelzt und unbrauchbar sagt sie

nur heiße Luft, Geschwätz

sie hat eine cremefarbene Seidenbluse an und einen
pechschwarzen Pagenkopf

ich stehe am Küchentisch und tue so
als würde ich in einem Kochbuch blättern

Mai sagt die Mutter und legt ein Bein übers andere

bist du jemals in der Stadt und siehst dir Kunst an?

Mama sagt August. Nicht so richtig sagt Mai

nein sagt die Mutter

denn hier bei uns ist Kunst nur etwas für wenige

normale Menschen können
damit nichts anfangen

sie beugt sich etwas vor

und warum ist es so?

Mama sagt August wieder

wohl unter anderem deshalb
wie wir über die Kunst reden. Oder wie die Kunst

über *sich* spricht

in solch lächerlichen Katalogtexten zum Beispiel

die die Werke *erschließen* sollen

sie aber verschließen

weil sie voller prätentiösem
und selbstkonservierendem Mist sind

sie schnaubt

dann kann die Kulturelite in totaler Stille
in den Kunsthallen stehen, keiner wagt ja den Mund zu öffnen
aus Angst sich zu blamieren

aber hinterher im Dunkel der Bars sagt die Mutter

da werden die Messer gewetzt

Mai starrt sie hingerissen an

August taucht einen Finger ins Wachs

das ist ein Positionierungsspiel von Seilschaften sagt die Mutter
und seufzt tief, es ist unerträglich

warum nicht offen und voller Neugier miteinander reden?

jetzt hebt sie plötzlich die Stimme

ohne Vorbedingungen

so dass alle einbezogen sind!

das ist nicht so schwer, sie streckt die Arme aus
schau auf das Werk. Vertief dich darin. Was siehst du?

August haut mit der Faust auf den Tisch

die Mutter ebenfalls

und jetzt findet mein Sohn ich soll die Klappe halten
sie lacht und nimmt einen Schluck Kaffee

liebe Mai, erzähl ein bisschen von dir

ich habe so viel Gutes über dich gehört

und dann kommt Hannibal mit zwei Einkaufstüten in
die Küche gepoltert,
er stellt sie ab und wischt seine Hand an der Hose ab

Hannibal sagt er

Anna-Barbro

wie?

Anna-Barbro sagt sie etwas deutlicher

das ist meine Mutter sagt August

lustig

Hannibal packt die Einkäufe aus
ich habe Angst dass er jetzt irgendwas braten will

Bierabrechnung, Partyfotos

mir ist auch unsere Pinnwand peinlich
auf die die Mutter freie Sicht hat, und warum hat Mai
die Crème fraîche nicht in eine Schale gefüllt?

aber was die Vernissage angeht sagt Anna-Barbro

ich hab doch gesagt dass ich nicht kann unterbricht
August

ich komme gern sagt Mai

wenn ich darf?

August starrt sie an

Hannibal sticht ein Messer in eine Packung Koteletts

wunderbar, Anna-Barbro schlägt die Hände zusammen
und dann lädt sie auch mich und Hannibal mit ein

wovon handelt eigentlich deine Ausstellung fragt Mai

vom Dunkel sagt Anna-Barbro

ich möchte gern dass sie etwas mehr sagt

aber das tut sie nicht

willst du noch ein Stück Kuchen? August steht auf

nein danke sagt die Mutter, der liegt schwer im Magen

sie greift in ihre Tasche
wie war das noch, Schatz

darf man rauchen?

Abends google ich Anna-Barbro

Anna-Barbro Oskarsson wurde 1965 geboren und an der Königlichen Dänischen Kunstakademie ausgebildet. Sie hat die acht Meter hohe Treppenskulptur SONOS in Helsingør erschaffen und unter anderem im Trapholt-Museum und im KW in Berlin ausgestellt.
Sie vertrat Dänemark 2008 auf der Biennale in Venedig und ihre Werke wurden vom Statens Museum for Kunst und dem Museum of Modern Art in New York gekauft

ich finde auch eine Besprechung der kommenden Ausstellung

ROOM ist eine Reise durch acht Räume von der Abenddämmerung bis zum Tagesanbruch, eine Totalinstallation über Verdunkelung, die sowohl neue als auch ältere Werke in Form von unter anderem Skulptur, Malerei und Mobile einbezieht. Zentral ist das aufsehenerregende Lichtwerk ROOM

Vernissage ist am Donnerstag in der Kunsthalle Charlottenborg

warum hast du nicht gesagt
dass deine Mutter ein Star ist?

ich habe heute Nacht von dir geträumt

hallo?

hallo?

du antwortest nicht
auf meine Frage

und ich habe deine Augen berührt

die lagen auf Mais Nachttisch

was hast du geträumt?

Mai liegt mit dem Kopf in meinem Schoß

direkt unter dem Bauchnabel bis zum Saum
der Boxershorts sagt sie

das ist wohl meine Lieblingsstelle auf seinem Körper

oder vielleicht die Hände,

sie hält einen Arm hoch

die sind so sexy. Mit diesen Adern,
findest du nicht seine Mutter ist süß?

ja sage ich und überlege
ob süß das richtige Wort ist

ich finde die beiden sehen sich ähnlich sagt Mai

besonders der Mund, kannst du mal meine Kopfhaut
massieren?

ich entferne das Haarband

ihr Haar ist schwer und feucht
und duftet stark nach Shampoo

wir besuchen sie im Herbst in Berlin,
sie hat eine große Wohnung am Prenzlauer Berg

toll sage ich

Mai lächelt und schließt die Augen

wir haben einen eigenen Balkon

nicht so fest, Asta

was hast du geträumt?

antworte bitte

das sage ich nicht

es ist langweilig von
den Träumen anderer zu hören

warum hast du es denn erwähnt?

bist du neugierig?

nee

Könnte das hier ein Arm sein fragt Gregers

hm, zu groß sagt Sif

wir puzzeln in der Küche

ich bin für den Himmel zuständig. Unmöglich,
alle Teile sind blau. August betrachtet mich

das ist auch sehr verstörend

darf ich mal sehen? Linda beugt sich über den Tisch

das gehört zum Schaf

das ist eine Ziege sagt Hannibal,

ich kenne übrigens einen der kann
unsere Kabelbox aufbrechen, kostet eine Kiste Bier
dann kommt er mit einem Brecheisen

ich soll dich übrigens von Niels Kitzler grüßen sagt
August

jetzt sehen mich alle an

wir können ihn doch nicht mehr
Niels Kitzler nennen sagt Mai,
wo Asta nun mit ihm zusammen ist

warum nicht,

August betrachtet sorgfältig ein Teil

so heißt er ja

ich kenne ein Spiel das wir spielen müssen

ein Spiel?

P wie Pia sage ich

O wie Ole sagt August

wir sitzen uns mit Papier und Bleistift
auf der Küchenbank gegenüber, jeder muss ein Wort
in fünfundzwanzig Feldern bilden, wir wechseln uns ab
mit den Buchstaben

L wie Leo sage ich

A sagt er und macht eine Pause

wie Asta

K sage ich und weiß nicht wohin ich blicken soll

wie Kartoffel

du hast Pferde zerstückelt

wie bitte?

in meinem Traum

magst du Waffeln?

ja

wir sehen uns um 10 in der Küche

Ich werfe meine Schlüssel versehentlich in den Müllschlucker

Das kann doch nicht so schwer sein sie zu finden

August hat das Waffeleisen ausgestellt, wir sind
runter in den Keller gegangen. Hier ist es kühl. Der
Schacht mündet
in einen Container hinter einem runden Deckel

die müssen ja ganz oben liegen,

er dreht den Griff

ich springe mit einem Schrei zurück

zusammengepresste Müllbeutel fallen heraus

eine Kaskade von Müll

verdammt ruft August, eine braune Flüssigkeit
spritzt auf sein Hosenbein, wie eklig!

es geht immer so weiter

die Beutel fliegen raus, sie bedecken den ganzen Boden

mir kommen die Tränen vor lauter Lachen

wir stehen einen Moment da und sammeln uns als der
letzte gelandet ist

dann fangen wir an einem Ende an

deine Mutter wirkt ziemlich cool, ich werfe einen Beutel
nach rechts

und anstrengend sagt er

und extrem engstirnig
pass auf den da auf, da sind Eier drin

inwiefern engstirnig?

na ja zum Beispiel was einem Leben Wert gibt,
also wer hat das hier weggeschmissen, er betrachtet eingehend
die Klinge eines Brotmessers. Die Leute sind verrückt

Wert in welcher Hinsicht?

er seufzt

wenn man sich nicht mit Kunst beschäftigt ist man
nur ein Parasit der vögelt und frisst und stirbt

das habe ich mir mein ganzes Leben lang anhören müssen sagt er

das ermüdet mich allmählich
und sie ist total heuchlerisch, äh

er wischt die Hand an der Hose ab

all das was sie so erzählt hat

über Vernissagen und das künstlerische Milieu,
sie ist ja selbst Teil davon. Sonnt sich darin
und lässt sich von allen möglichen Leuten schmeicheln,

das ist so verdammt unehrlich

es dauert mehr als eine Stunde bis wir die Schlüssel finden

wir kriegen die Beutel nicht wieder zurück in den Schacht gepresst

was zum Teufel habt ihr euch dabei gedacht

der Hausmeister ist wütend, meint ihr das ist lustig?

wir lachen als er uns ausschimpft

Ich rieche im Fahrstuhl an meinem Ärmel

ich könnte gut ein Bad vertragen sage ich

Katharsis sagt August

Ich höre als er auf der anderen Seite

der Wand das Wasser anstellt

es gluckst in den Rohren

Mit nassen Haaren fahren wir mit dem Rad zum Assistens

das mag ich an Kopenhagen sagt August
und lässt den Lenker los, dass die Friedhöfe auch Parks sind

wir sitzen im Gras und trinken Bier und essen Waffeln

das läuft einfach so durch mich durch,

er steht auf. Nicht herschauen!

er wendet mir bei einem Busch den Rücken zu
ich höre wie der Strahl auf den Boden trifft

es prickelt in meinen Schenkeln, ich muss aufstehen

ich gehe ein paar Schritte

dann lege ich eine Hand auf seinen Sattel

der ist warm von der Sonne, mir wird schwindelig

Was hast du heute gemacht fragt Mai

nichts Besonderes, ich schiebe meinen Stuhl weg

soll ich auch deinen Teller abräumen?

wollen wir dieses Buchstabenspiel
noch mal spielen?

Mai ist hier

ok

Gruß

bist du einsam
dann sei es

ich bin nicht einsam

das ist ein Zitat, Idiot

hast du nicht gesagt
du liest Gedichte?

Tosender Beifall ist zu hören als wir Charlottenborg
betreten

danke sagt Anna-Barbro,

vielen Dank

sie steht hinter einem Mikrofon und verbeugt sich
sie hat einen königsblauen Overall an, das dunkle Haar
hinter die Ohren gesteckt

sie sieht exklusiv aus

diamanten

wie eine Königin

ein hoher Raum mit Fischgrätparkett

die Leute stehen in Gruppen mit Weinglas in der Hand

hier ist eine Hitze wie im Backofen,

Hannibal zieht seinen Kapuzenpulli aus

Ollerup Nachschule

steht auf dem Rücken seines T-Shirts
ich wünschte er würde den Pullover wieder anziehen

jetzt ist der Raum erfüllt von Stimmengesumm

sollen wir zu ihr gehen und guten Tag sagen?

Mais Tonfall ist übereifrig,
sie hat einen dicken schwarzen Strich um
die Augen gezogen und eine Schachtel Merci gekauft

nicht jetzt,

ich betrachte die Menschentraube rund um Anna-Barbro

sie ist beschäftigt sage ich

glaubt ihr es gibt was zu essen?

Hannibal dreht seine Mütze um, Mann, hab ich einen Hunger

auf jeden Fall gibt es Wein sage ich, da drüben

habt ihr für die Tour de Chambre ein Thema gefunden?

Mai nimmt einen großen Schluck, wir sind bei unserem zweiten Glas

vielleicht Techno sagt Hannibal

hattest du das nicht schon letztes Mal?

da war Ibiza das Thema sagt er und unterdrückt ein Gähnen,
ich hab einfach noch so viele Knicklichter rumliegen

Anna-Barbro glänzt

ich beobachte sie während wir reden

sie legt ihre Hand auf Arme und Schultern
sprudelt und lebt, kokettiert und lacht

gleichzeitig befindet sie sich woanders

das habe ich klar im Gefühl

innen hinter ihren Augen sitzt sie auf einem Balkon
und beobachtet, hoch erhoben über uns allen
und das Einschmeichelnde kann urplötzlich umschlagen

indem sie attackiert und verletzt

das bedeutet aber nicht dass ich sie deswegen weniger mag

was ist mit dir, Asta?

Mai trinkt ihr Glas aus. Anna-Barbro hebt den Blick
er ruht ein zwei Sekunden auf mir,
ich schaffe es gerade noch kurz zu winken

dann gleitet er weiter. Was?

hast du ein Thema gefunden?

nein sage ich und kratze mich an der Wange, noch nicht

gibt es noch Weißwein?

Hannibal hat sein Glas geleert und ein Mädchen
im Hemd angetippt die nun durch den Raum ruft:

Theis, ist da noch Chablis?

es bildet sich eine Schlange zur Ausstellung

diese erstreckt sich über den ganzen Südflügel

Anna-Barbro hat acht neue Räume geschaffen
die schneckenhausartig ineinander übergehen

das sagt ein Typ mit einem breiten Mund,
er hat Sommersprossen auf den Armen und sieht erwar-
tungsvoll aus

man wird gruppenweise eingelassen

hallo, guten Tag

Mai gibt den beiden deutsch sprechenden Frauen
um die sechzig die Hand
mit ihnen werden wir jetzt gehen

only forward sagt ein Museumswärter
sonst bringt ihr das System durcheinander

vorwärts, nie zurück

auch wenn es dort drin dunkel wird
sagt er, very dark. Schwarz

die Deutschen nicken,

die eine hat ein magentafarbenes Tuch um die Schulter
geschlungen, die andere trägt eine Brille mit unsichtbarem Gestell

und achtet auf die Lampen über den Türen sagt er,
die leuchten weiß wenn ihr weitergehen sollt

spannend sagt Mai

das ist wie ein Geisterhaus

der Museumswärter sieht sie an

das ist eine Kunstausstellung sagt er

schon im ersten Raum ist es dunkel

acht Holzskulpturen sind in einem Kreis platziert

länglich und mit gebogenen Formen,
wie große merkwürdige Glieder

die Oberflächen sind voller Muster
das entdecken wir erst nach einiger Zeit

mit Ornamenten versehen,

über alle Maßen detailliert

irre sage ich
und lasse einen Finger über das Holz gleiten

die Figuren erinnern mich an den Wandteppich in Au-
gusts Zimmer,
die sprießenden und Pflanzen gleichenden Wesen

je intensiver ich sie betrachte
desto mehr lösen sie sich vor meinen Augen auf

die Esel!

fünf farbenprächtige Tierköpfe auf Sockeln
im zweiten Raum, die Deutsche mit dem Magentatuch
schlägt
die Hände zusammen, die habe ich in Frankfurt gesehen!

ich finde nicht dass sie nach Eseln aussehen

eher nach missgestalteten Fabeltieren

glänzend und schön

blassgelb und flaschengrün,
die Glasuren verfließen

helllila und orange

ich würde sie gern bei Tageslicht sehen

ihre Zähne schimmern in der Dämmerung weiß

als würden sie über uns lachen

ich kann mich schwer losreißen aber wir müssen weiter

die Wände zwischen den Räumen
sind auch eine Art von Kunstwerk

Zementstrukturen

aufeinandermontiert

mit fast verborgenen Türen, und über jeder Tür
eine Lampe, nicht größer als ein Fingernagel

wenn sie leuchten ähneln sie Sternen

der dritte Raum ist leer,
die Dunkelheit stark verdichtet

spooky sagt Hannibal

dann blicken wir zur Decke

die ist von Federn bedeckt, weich und wogend
wie der Pelz eines Tiers. Aber die Federn
sind aus Papier

das höre ich aus dem heraus was eine der Deutschen
sagt
die das Werk von früher kennt

sie unterhalten sich viel über das was sie sehen,
ich übersetze es in meinem Kopf so gut ich kann

was denkt ihr eigentlich was sie beabsichtigt,

Hannibal legt den Kopf zurück

mit all dem hier?

das Potenzial des Dunkels erforschen sage ich,
das habe ich auch von den Deutschen gestohlen

weil alles Leben aus dem Dunkel kommt,
Föten und Vogeljunge zum Beispiel

und verpuppte Larven sage ich, Pflanzensamen

sechs Messingmobiles drehen sich
im vierten Raum glitzernd um sich selbst

sie erinnern mich an Instrumente

Äolsharfen

dass ich jetzt hier bin erfüllt mich mit Freude

alles steht für sich allein und alles hängt

auf eine besondere traumlogische Weise zusammen

die Werke haben etwas Vitales an sich

eine Lebensenergie, einen Antrieb

der sehr verlockend ist und den
auch Anna-Barbro ausstrahlt

als wäre ich in diesen Räumen sehr nah an
etwas sehr Wichtigem, einer Essenz

einer Art Mark

das das Dunkel irgendwie verstärkt

ich betrachte Mai die die Harfen betrachtet,
ihr Gesicht ist auch unwirklich

unwirklich in der Dämmerung

und ich spüre plötzlich einen Drang
sie zu essen, die ganze Ausstellung zu essen

alles ist so anmutig und schön

vier Naturgemälde im fünften Raum

zart und in Wasser gelöst, ätherisch
mit schwach leuchtenden Horizontlinien

ein Duft von Zitrus im sechsten

wir können uns zu einem Schaukasten tasten
aber nicht sehen was drin ist

wir werden immer stiller

die Deutschen unterhalten sich auch nicht mehr

ich habe mein Zeitgefühl verloren

Schatten von Schatten,

im siebten Raum hat man das Gefühl als würde
etwas um uns herumkreisen, schwebend

tanzend

das löst sich auf als ich mich dem zuwende
um dann wieder zu erstehen, das ist fast unbehaglich

im achten Raum ist es stockdunkel

die Wände fühlen sich hier anders an

glatt und kühl

ich habe Platzangst flüstert Mai,
ich kann ihr Shampoo riechen

wie lange müssen wir hier noch bleiben?

psst, ich suche nach ihrer Hand

wir stehen dicht zusammen

warten und warten

dann fängt es an

Licht zu regnen

springende und glitzernde Tropfen von Licht

und auf einmal ergießt es sich über uns

von allen Seiten

wir befinden uns in einem ovalen Raum

Wände und Decke sind *ein* großer Schirm

ein Feuerball, ein blendendes Ei

wir werden von Licht umschlossen

und mitten in all dem Licht, eine Frauenstimme

die anschwillt

es ist unmöglich zu entscheiden
ob das ein Lied ist oder ein Schrei

Für mich war eindeutig der letzte Raum der beste

Hannibal ist mit seinem Fahrradschloss zugange,

die Lichtshow war mega geil aber es war
irritierend dass sonst alles so dunkel war

genau das war ja die Absicht sagt Mai

Hannibal zuckt mit den Achseln, vielleicht
aber man konnte die Werke nicht sehen

ich sage nichts

ich habe keine Lust mit jemandem zu reden

mir ist nach Alleinsein

etwas gleitet hin und her
zwischen meinem Gehirn und meiner Brust

etwas Freudiges und Angespanntes

ich finde nur dass es merkwürdig war
dass sie nicht mal kurz vorbeigeschaut und hallo gesagt hat,

Mai versetzt ihrem Fahrradständer einen Fußtritt

ich konnte ihr nicht mal die Schokolade geben

hey Asta hättest du evtl. Lust
heute Abend einen Wein
auf dem Dach zu trinken?
Ich habe mir einen Schlüssel
zur Feuertreppe besorgt,
die Aussicht ist toll mfG Niels K

Wow sagt Sif

wie schön du aussiehst!

ich habe mir die Lippen geschminkt und ein gestricktes
Tuch umgelegt
das über die eine Schulter fällt

ich bin kurz in der Küche

sie hat ein Date sagt Mai,

sie liegt an August gelehnt auf der Bank
er hat ein weißes T-Shirt an und blättert in einer Zeitung

das ist kein Date,

ich drehe den Wasserhahn auf

mit Niels Kitzler sagt Mai

ihm dem Großen?

von der Fußballmannschaft sage ich und
halte einen Finger in den Strahl

fescher Kerl sagt Sif, was habt ihr vor?

ich fülle ein Glas und erzähle vom Dach

August blickt nicht auf

Der Himmel ist weit und pastellfarben

ah!

ich lege den Kopf nach hinten

ich habe mir schon gedacht dass du das magst
sagt Niels Kitzler und sieht glücklich aus

wir setzen uns hinter einen kleinen Windfang

er hat eine Steppdecke mitgebracht und große Kissen,
Pistazien und eine Kühltasche für den Wein
plus zwei richtige Gläser eingepackt in Geschirrtücher

du hast dir Mühe gegeben sage ich

natürlich sagt er

er hat Shorts an und sitzt im Schneidersitz,
seine Knie sind glatt und hellbraun

die Sonne geht vor uns unter

Feuer und Gold

als würde man in einer Filmkulisse sitzen oder
mitten in einem Meisterwerk während es gemalt wird

die Ausstellung hat meine Sinne geschärft

sie verändert

alles ist gesättigt und bedeutungsvoll

erfüllt mit Schönheit und Potenzial

der glühende Himmel,
der Geschmack der Pistazien

Niels Kitzlers Knie

ich sehe sie konzentriert an

die sind ja geradezu ungeheuer schön

ich beuge mich leicht nach vorn

na hier sitzt ihr also und macht rum

Mai steht plötzlich in der Dachtür,
August taucht lachend hinter ihr auf

das war nicht meine Idee,

sie bückt sich und küsst mich auf die Wange,
Niels Kitzler bekommt ihre Haare ins Gesicht

aber das ist ja voll gemütlich

eine Art Doppeldate, lässt du mir ein Stück vom Kissen?

woher habt ihr einen Schlüssel frage ich
und sammle Pistazienschalen auf

ich habe da so meine Tricks sagt August,
er nimmt sechs Harboe aus seinem Rucksack
und da warten noch mehr,

er stößt mit dem Fuß gegen die Kühltasche

falls ihr mal was anderes wollt als Wein

Wahnsinn sagt Mai

die Sterne

wir liegen alle auf dem Rücken

es ist Mitternacht und sehr dunkel hier oben

sie hat Augusts Pullover an und sich eine Zigarette angesteckt,
er ruht mit den Händen unter dem Kopf, Niels Kitzler
liegt auf der anderen Seite neben mir und streichelt sehr vorsichtig
mit seinem Daumen meinen Schenkel

und der Mond sagt Mai,

seht doch mal!

Niels Kitzler räuspert sich

es gibt da Forscher sagt er, die dabei sind
eine sehr spezielle Kugel zu entwickeln

die das rundeste Objekt der Welt werden soll

Mai lehnt sich zu ihm rüber,
kannst du nicht etwas lauter sprechen?

eine sehr spezielle Kugel sage ich

aus reinem Silicium sagt Niels Kitzler

die dann die Definition für ein Kilogramm sein soll

weil das Lot auf der bislang unsere Definition basierte
bis jetzt fünfzig Mikrogramm seines Gewichts verloren hat

wegen molekularer Verlagerungen

er räuspert sich wieder

und das ist ein großes Problem

man kann ja nicht eine Konstante haben
die auf einer Variablen basiert

wie bitte?

man kann keine Konstante haben sage ich

die auf einer Variablen basiert

das begreife ich nicht sagt Mai

das ist auch komplex sagt Niels Kitzler

das finde ich nicht sagt August,
ich finde das ist sehr einfach

Mai richtet sich auf

shit ich muss dringend pinkeln

sie drückt die Kippe auf einer Bierdose aus,
hier oben ist keine Toilette oder?

Niels Kitzler kommt auf die Beine,
du kannst mit runterkommen und meine nehmen

August und ich bleiben liegen

wir sagen nichts

wir blicken einem Flugzeug hinterher das am Himmel
blinkt

na sagt er

aber ich weiß auch etwas das du nicht weißt

was weißt du?

man kann draußen im All nicht mit einem Kugelschreiber schreiben

aha!

denn die Schwerkraft der Erde
zieht die Tinte nach unten

äußerst interessant sage ich, du bist so schlau

er dreht sich auf die Seite

du blickst in die falsche Richtung sage ich,
du musst nach oben schauen. Zum betörenden Himmel,
dich von der Unendlichkeit überwältigen lassen

er antwortet nicht, er lächelt nur

schau hoch!

ich versuche streng zu klingen

lass das, August
das irritiert mich total

warum siehst du mich an?

er lacht, ich tippe ihm auf die Schulter

nun schau schon hoch!

ich versuche sein Gesicht zu drehen,
er packt mich am Handgelenk

dann hören wir Mais Stimme
und die Dachtür die geöffnet wird

Ich kann nicht einschlafen

das Freudige und Angespannte sind gewandert

sie sind weiter runter in den Körper geglitten
und drücken gegen meinen Beckenboden

ich wende und drehe mich

Mitten in der Nacht bekomme ich eine Nachricht

die ist von August

schläfst du?

Lass es

sage ich zu mir selbst
dreimal hinein in die Dunkelheit

lass es

lass es

He was ist heute Morgen los mit dir?

ich drücke dich einfach mal sage ich zu Mai
wollen wir uns nicht einen schönen Tag machen?

ich muss doch zur Arbeit lacht sie

Ich treffe August im Waschkeller

als ich reinkomme nimmt er gerade Wäsche aus dem Trockner,
wir zucken beide zusammen

guten Morgen sagt er

es ist Vormittag sage ich und gehe mit meinem Korb an ihm vorbei

er fährt sich mit der Hand durchs Haar

soll ich dir zeigen wie die funktionieren?

ich war schon mal hier unten sage ich
und öffne die Klappe. Obwohl das nicht stimmt

ich habe das Waschen bis jetzt immer verschoben

okay sagt er, das System ist nur ein bisschen tricky

ich fülle die Maschine, ich spüre seinen Blick

dann fängt er an Socken zu falten

er hat eine besondere Technik kann ich aus den Augenwinkeln sehen
die Socken werden zu Vierecken

hier ist es warm und feucht

fast wie in einem Dampfbad

ich fange an zu summen

das ist total bescheuert
aber jetzt muss ich weitermachen

er schüttelt eine schwarze Socke

hast du heute Nacht eigentlich meine Nachricht bekommen?

nein sage ich und schließe die Klappe

denn ich habe geschlafen

so wie normale Menschen und ich finde
es ist nicht okay so spät zu schreiben,
du hättest mich wecken können oder sonst was

das ist einfach nicht in Ordnung

musstest du denn früh aufstehen?

es geht ums Prinzip, August

und warum stehst du jetzt da und wartest auf mich,
kannst du nicht einfach rauf in die Küche gehen?

ich warte nicht auf dich,

er macht mit dem Falten weiter

die hier legen sich ja nicht von selbst zusammen

ich sehe ihn an

du bist verdammt provozierend sage ich

dann beschäftige ich mich wieder mit der Maschine

da sind wirklich viele Knöpfe

nach einiger Zeit sagt er:

den kleinen links muss man ganz hineindrücken

Wir stehen im Fahrstuhl dicht zusammen

ich kann die getrocknete Wäsche riechen

und sein Parfüm

das irgendwie nach Holz riecht, etwas alkoholisch

ich bin mir nicht sicher ob ich es mag

ich sehe uns in den Spiegeln

von allen Seiten gleichzeitig

das Licht flackert

das war schon immer so sagt er

ich ziehe meinen Fuß leicht weg

er räuspert sich

ich möchte dich gern was fragen

na sage ich und entferne einen Fussel von meinem Ärmel

na dann frag

er lächelt

wie viele Pastoren braucht man um eine Glühbirne auszuwechseln?

Mein lieber Mann!

der Chauffeur müht sich mit meinem Koffer ab

hast du ein Pferd zerstückelt?

nee sage ich. Das sind nur Bücher

ich bin zu einem Schreibaufenthalt auf Lolland,
die Unterkunft liegt in einem Waldgebiet
das Navi des Taxis findet sie nicht

merkwürdig,

der Chauffeur nimmt einen Schluck von einer abgestandenen Cola,
wir sind zwanzig Minuten im Kreis gefahren
und haben nach einem lila Briefkasten gesucht

das Auto riecht nach Pommes frites

das hier ist ja das reinste Bermudadreieck sagt er

dann schlägt er mit der Hand aufs Lenkrad, dort unten zum Teufel!

na hier bist du wohl richtig

die Besitzerin der Unterkunft heißt Sanne Sax Mortensen,
sie steht mit ausgebreiteten Armen auf dem Kies
ihre Haare sind lang und honigfarben

schwierig ihr Alter zu bestimmen

ich nehme mal den hier

der ist aber schwer sage ich

sie fertigt mich ab,

du sagst mal gar nichts, meine Süße

sie bewegt sich unbeschwert die Treppen hoch

das Haar wogt,
das müssen Extensions sein

das Haus ist alt und riecht sauber

Lavendelspray

es fehlen nur noch die Spiegel sagt Sanne
aber jetzt werde ich dich erst einmal herumführen

sie ist Hellseherin und hat ihre Praxis hinter einer roten Tür

der Rest wird als Künstlerhaus betrieben
früher war es eine Ferienkolonie für Kinder,
ein ganzes Jahrhundert lang sagt sie

und zeigt auf ein Katzenklo,

hier wohnen auch drei Siamkätzchen
aber die leben ihr eigenes Leben

baumelnde Kristalle

Zierkissen und Plaids

alle Räume sind farblich abgestimmt und voller Nippes

ich soll im Giebel in einer Wolke von Orange wohnen

auf den Türgriff muss man kräftig draufhauen sagt Sanne,
hier kann es fußkalt sein und die da sind aus der Gegend,
sie zeigt auf eine Schale Erdbeeren. Der Code für das
WLAN

ist Katzenzunge und jetzt lasse ich dich in Ruhe, meine Süße

der Garten ist saftig grün

ich schiebe den Schreibtisch vor das Fenster

ein Kätzchen liegt unter einem Busch und schaut zu mir hoch

I wish you could hear me

auf dem Fensterbrett steht ein Abguss eines altertümlichen Telefons

mit geschwungener Goldschrift auf dem Hörer

ist es lustig auf Lolland?

lustig und lustig

ich schreibe

wohnen noch andere im Haus?

ein japanisches Künstlerpaar
im Doppelzimmer

Yoshi und Hiromi

ein Skulpteur mit Vollbart
er ist meistens unten im Atelier

Jonas oder so ähnlich

ein junger Typ hat in meiner Abteilung angefangen

Janus

der geht ganz schön ran, er hat mir gerade
zwei Eintrittskarten geschenkt

für Erotic World in der Valbyhalle

kam einfach und legte sie auf meinen Tisch

Es zeigt sich dass der Skulpteur nicht Jonas sondern Jonatan heißt

er ist nicht Skulpteur

sondern arbeitet normalerweise mit Bleistift und Tusche,
er hat gerade damit angefangen mit dem Dreidimensionalen zu experimentieren

soll ich eins für dich mitkochen?

er steht in der Küche und kocht eine ganze Packung Eier

er riecht nach Rauch, er hat den ganzen Morgen
Raku-Keramik in einem Ölfass gebrannt

und das ist nicht so einfach lacht er

wir tragen Kaffee und Eier auf die Terrasse

die sind perfekt mittelhart

was für eine Erleichterung sagt er,
ganz ohne Talent bin ich also nicht

er hat einen breiten Mund und Sommersprossen auf den Armen

er isst fünf mit Salz und Pfeffer

dann ist er kurz mit seinem Handy beschäftigt,
mausetot seit ich hier angekommen bin sagt er
und steckt es wieder in die Tasche

aber das ist dann wohl gut für die Kunst,

na Asta

willst du mir nicht ein bisschen von deinem Buch erzählen?

hm, sage ich. Am liebsten nicht

klar sagt er, don’t jinx it

man muss den Ton stressen,

stattdessen weiht er mich in sein Wissen
über Raku ein, er erzählt enthusiastisch
von Temperaturen und Zeit, Craquelés

ich räuspere mich

kennst du eigentlich Lysander Milo?

ja was denkst du denn sagt Jonatan

ich hab seine Büsten letzten Winter gesehen und war
wie erschlagen

die sind so irre. Genau die haben mich dazu gebracht
mit neuen Materialien zu arbeiten,
mich an alles Mögliche heranzuwagen

du weißt man sieht etwas und denkt: genau das ist es!

das ist schön und rein, das will ich auch

er lacht laut los, und dann
muss man feststellen wie schwer das ist

er dreht eine Eierschale um

das scheinbar Einfache zu erschaffen

ist ungeheuer komplex sagt er

aber nicht alle begreifen das

ich dachte ich sollte ein Buch über Lysander Milo schreiben sage ich

spannend sagt Jonatan

aber dann doch nicht?

nee sage ich und winke Yoshi und Hiromi zu
die unten im Garten vorbeigehen. Überhaupt nicht

sie betrachten jeden Vormittag ganz genau Blumen und Pflanzen,
sie lachen viel und sind fast gleich groß

sie winken zurück

er spielt Flöte sagt Jonatan,

ich kann das bei mir durch die Wand hören

das klingt unglaublich schön

Ich wache früh auf, es ist still im Haus

zwei der Kätzchen liegen vor meiner Tür

ich streichele sie zwischen den Ohren,
sie folgen mir runter in die Küche

ich mache Kaffee, trinke ihn allein am Tisch

er ist gut und stark

am Fenster hängt ein Traumfänger

und an der Wand ein Kalender
den ich vorher nicht bemerkt habe

ich schiebe den Stuhl zurück

der Kalender ist voller Blumen

JUNIE JULIE

die Monate sind merkwürdig geschrieben

AUGUST SEPTEMBRIE

ich blättere vor und zurück,
die Katzen schmiegen sich an meine Beine

MAI

es fehlt auch eine Jahreszahl

Was ist das für ein Kalender?

frage ich Sanne am Nachmittag,
sie scheuert im Kimono und
mit gelben Gummihandschuhen das Spülbecken,
das lange Haar ist geflochten und aufgesteckt

das ist ein Ewigkeitskalender sagt sie

den ich mal in Rumänien gekauft habe

vor tausend Jahren

ich fand den so romantisch,
was ist damit?

nichts sage ich. Ist das Rumänisch?

ja davon geh ich aus, meine Süße

darf ich den mal ausleihen?

sie reibt sich mit dem Unterarm an der Stirn,

na klar sagt sie aber weißt du was? Kannst du mir
mal eben den rechten Ärmel hochkrempeln?

Ich setze mich mit dem Kalender in mein Zimmer

Später mache ich auf den Waldwegen einen Spaziergang

ich habe eine Idee für meinen Roman bekommen
über die ich noch nachdenken muss

ein Schlüssel vielleicht

ich treffe keine Menschenseele

worüber amüsierst du dich?

Jonatan blickt hoch als ich zurückkomme

er sitzt mit der Zeitung auf der Terrasse
und wippt mit einem Fuß der in einem grünen Filzpantoffel steckt,
die gleichen stehen bei mir aber in Orange

ist dein Zimmer grün frage ich

total sagt er, möchtest du Kaffee?

warum hast du eigentlich mit dem Zeichnen angefangen?

wir haben unsere Stühle in die Sonne gerückt,
Jonatan ruht mit dem Kopf an der Rücklehne

es vergeht einige Zeit bis er antwortet

das war ein Raum in den ich hineingehen und in dem ich abtauchen konnte

falls das einen Sinn ergibt sagt er

ich nicke und nehme einen Schluck Kaffee,
tut es sage ich. Und wen magst du gern

also von den Künstlern

alle möglichen sagt er

Anna-Barbro Oskarsson zum Beispiel, oh

er richtet sich auf und klopft mir auf den Rücken

ihre Werke sind legendär,
huste mal kräftig, Asta. Oder einladend

die geben Hinweise auf ihre Methode

es ist schwer zu erklären, soll ich Wasser holen?

alles gut sage ich und bekomme meine Stimme wieder unter Kontrolle

man spürt dass sie Vergnügen an ihrer Arbeit hat sagt Jonatan,

kennst du sie?

ich habe den Namen gehört sage ich

es ist lange her dass sie ausgestellt hat,

er öffnet einen Milchkarton
sie hat vor längerer Zeit ihren Sohn verloren

etwa vor zehn Jahren, kommst du an den Zucker ran?

dann ist sie nach Berlin gezogen. Danke. Aber jetzt im Herbst kommt da offenbar etwas ganz Spannendes

ich drehe mich um zu ihm

von Anna-Barbro?

ja sagt er

in der Kunsthalle Charlottenborg

ein Riesencomeback, eine Art Wiedergeburt

ihre letzte Ausstellung war auch dort,
da ging es ums Dunkel. Ich habe sie dreimal gesehen
sagt er,
war auf der Vernissage und so weiter

ich weiß nicht so viel über die neue

die ist wohl im Oktober, er nimmt einen Schluck

oder vielleicht im November

na ihr macht es euch gemütlich,

Sanne kommt auf die Terrasse mit einem großen Stapel
Plaids im Arm, jetzt wo ihr schon mal da seid sagt sie

und schüttelt ein grelles pinkfarbenes über dem Gelän-
der aus,

ich spiele mit dem Gedanken morgen hier draußen
ein kleines Festmittagessen zu geben, sie legt das Plaid
gekonnt zusammen

nichts Besonderes, nur einander in die Augen sehen

ein Glas trinken

du reist ja bald ab, Asta

wann bist du wieder zu Hause?

Freitag

entschuldige dass ich so wenig
von mir hören lasse

kannst du auf Bertram aufpassen?

da ist Sommerfest in der Kommunalverwaltung
habe das Gefühl ich habe seit Jahren nicht getanzt

natürlich

du bist ein Engel

man wird ohne
Kniescheiben geboren

wer sagt das?

so dass es beim Krabbeln nicht wehtut

ich habe heute Nacht geträumt dass wir 43 sind

und das konnte ich überhaupt nicht verstehen
denn wir sind ja gerade 33 geworden

Sanne will Lammeintopf machen

eine kleine Damentour,

sie nimmt mich mit zum Einkaufen in Maribo

sie tritt kräftig aufs Gaspedal
und gestikuliert unterwegs viel,
die Hände berühren fast nicht das Steuer

meine Beine zittern als wir vor SuperBrugsen aussteigen

Mozzarella, Asta!

sie geht mit langen Schritten zwischen den Regalen umher
und treibt mich durch den Laden

ich habe nie zuvor so effektiv eingekauft

innerhalb von fünf Minuten haben wir alles gefunden

und dann das hier und zwanzig Prince Light,

sie legt ein gestreiftes Plaid auf das Band

sie beobachtet den Kassierer ganz genau als wir bezahlen

er hat vor Kurzem jemanden verloren sagt sie und
knallt die Autotür zu, darauf kannst du Gift nehmen. Da
war auf jeden Fall jemand der ihm gern etwas
antun wollte, da herrscht kein Zweifel

sie seufzt und dreht den Schlüssel um

ich habe ja selbst keine Kontrolle darüber

Die sind sonst immer so scheu sagt Sanne

wir packen die Einkäufe aus den Taschen,
ein Kätzchen reibt sich an meinem Bein
die folgen mir mittlerweile ins Haus
springen auf meinen Schoß

die sind süß sage ich und nehme eins auf den Arm

ich habe gute Laune, etwas hat sich in meinem Manu-
skript gefügt

und danke übrigens dass ich den Kalender ausleihen
durfte

aber immer sagt Sanne, nein weißt du was

sie geht quer durch die Küche

ich glaube da ist noch ein kleiner
Rest Kalbsfond, sie öffnet die Gefriertruhe. Hm,

und versteckt sich irgendwo hier drin

hier wohnte im April eine andere Schriftstellerin
und die kochte als ginge es um ihr Leben,

Rinderbraten und Putenschenkel und was du dir nur
vorstellen kannst

und dann hat sie da draußen auf der Treppenstufe
gesessen
und gegessen, mutterseelenallein. Happs!

sie fischt einen Gefrierbeutel heraus,

die Leute sind sonderbar

ich hatte auch mal einen Grafiker im Giebelzimmer
von dem ich vierzehn Tage lang rein gar nichts mitbe-
kommen habe

sie schüttelt den Kopf

er hatte genug mit sich zu tun, der Mann
das kann ich dir garantieren. Er war von so viel
Dunkel umgeben, das hing über dem ganzen Haus

und an dem Morgen nachdem er abgereist war sagt sie

fand ich auf dem Fußboden ein Muster aus Tannennadeln,
ungeheuer avanciert. Das muss ihn die ganze Nacht
gekostet haben

das war im Dezember, ihr Gesicht erhellt sich

ich kaufe immer einen riesigen Baum,
du musst mir versprechen einmal um die Zeit herum
vorbeizukommen

der Lammeintopf ist gut geworden

golden und kräftig

wir prosten uns in der Abendsonne immer wieder zu

das Ganze ist sehr schön

like we eating heaven sagt Yoshi

sein Englisch ist schlecht, Hiromi muss das meiste
für ihn übersetzen. Ich höre ihnen gern zu
wenn sie Japanisch sprechen, sie gehen miteinander
voller Fürsorge und Respekt um

das spüre ich ohne die Sprache zu kennen

ich werde sie gewiss nie wiedersehen
daran muss ich plötzlich denken

mir kommen die Tränen

dann legt Jonatan das Besteck zur Seite

was ist mit den Backsteinen,

er schiebt seinen Stuhl nach hinten

sind die gemustert?

die sind graviert sagt Sanne

mit Namen, sie zeigt darauf. Die Namen all der Kinder
die im Laufe der Zeit im Haus gewohnt haben,
habt ihr das überhaupt nicht bemerkt?

ich stelle mich neben Jonatan

die Mauer ist voller Namen und Jahreszahlen

eingeritzt in die Steine

eine Fülle unterschiedlichster Handschriften

so viele dass es vor meinen Augen wimmelt

wir essen Nougateis zum Nachtisch und unterhalten uns
über Namenssymbolik

Jonatan bedeutet blauer Mond auf Japanisch,
mein Name bedeutet tausend Wurzeln

Sannes Name bedeutet nichts

darüber müssen wir sehr lachen

wir zünden Kerzen an und Yoshi holt seine Flöte

er spielt lange für uns

das Ganze ist so schön dass es fast nicht zu ertragen ist

soll ich ein Plaid holen?

Sanne und ich bleiben als Letzte sitzen

ja gern sage ich. Hauptsächlich um ihr eine Freude zu machen

wir beide vertragen wohl ein Glas mehr,
sie hat eine Flasche Weißwein unter dem Arm

hier ist es sternenklar und sehr still

ich streichele ein Kätzchen. Sanne steckt sich eine Zigarette an

wir sitzen da und schauen ins Dunkel

hast du eigentlich Kinder?

nein sagt sie und wedelt Rauch weg,
mir war immer klar dass ich das nicht wollte

tief in meinem Innersten

sie legt ein Bein übers andere,
ich habe mich sterilisieren lassen als ich siebenundzwanzig war,

bum!

sie wippt die Sandale vom Fuß. Das war eine große Erleichterung,
so musste ich mir darüber keine Gedanken mehr machen

sie bewegt leicht die Zehen

ihr Gesicht sieht jung aus im Schein der Kerzen

was ist mit dir, meine Süße. Möchtest du gern Kinder?

ja sage ich

sie nickt

sehr gern sogar

bist du deshalb traurig?

ich bin nicht traurig

doch doch lacht sie. Erst dachte ich
es wäre unglückliche Liebe, sie betrachtet mich

aber das ist es wohl nicht

du hast einfach ein sehr starkes Herzchakra

genau das hat mich verwirrt

ich lasse die Finger durch das Fell gleiten
ich weiß nicht was ich sagen soll

ich habe das Gefühl den Halt verloren zu haben

im Fallen begriffen zu sein

freischwebend

das ist nicht unangenehm

Sanne nimmt einen tiefen Zug und blickt in den Garten

als ich einundvierzig war sagt sie
verliebte ich mich in einen Mann
der dreißig Jahre älter war

er hat seine Frau verlassen mit der er
lange zusammengelebt hat

und ist hierhergezogen

wir hatten fünf sehr glückliche Jahre zusammen

sehr schöne Jahre. Dann hat er angefangen
seinen Blick auf den Tod zu richten

was meinst du damit frage ich

lebt er noch?

er ist zu ihr zurückgezogen,

Sanne drückt ihre Zigarette aus

ist nach Hause gezogen, sie lächelt kurz

so sollte es sein

ich besuche die beiden ab und zu,
wir trinken Kaffee und sprechen über Bücher und Kunst

über meine Klienten, ihre Tochter

sie sind jetzt alt

Sanne räuspert sich und glättet das Tischtuch

dann sieht sie mich mit einem milden Blick an

ich weiß nicht warum ich das jetzt hier erzähle,

sie drückt meine Hand

hier sitzen wir

Ich wache mit einem Ruck mitten in der Nacht auf

es klopft an meine Tür

hallo?

ich setze mich im Bett hin

Sanne?

ich mache das Licht an

jetzt ist es ganz still

ich lege eine Hand auf die Brust
das war ein Traum, das war ein Traum
das Herz kommt langsam zur Ruhe

dann klopft es wieder

ich springe aus dem Bett,
durchquere das Zimmer, zögere kurz

und reiße dann die Tür auf

da ist niemand

Ich komme total schlecht gelaunt von Lolland nach Hause

ich öffne alle Fenster der Wohnung
ich drucke 298 Seiten Text aus
und vereinbare einen Beratungstermin

im Copenhagen Fertility Center

dann lege ich mich aufs Sofa und blicke zur Decke

es herrscht Durchzug

mein Koffer steht immer noch mitten im Zimmer

Ich atme noch einmal tief durch als ich vor Mais Treppenhaus stehe. Dann klingele ich

Was ist das?

sie hat Mascara auf dem einen Auge und ein Handtuch um das Haar gewickelt, die Wohnung duftet nach Red Door

etwas das du lesen sollst

ist es dein Buch?

ja. Warte!

ich lege eine Hand auf den Umschlag,

aber erst morgen

wenn ich nicht hier bin

okay, ich habe es eigentlich auch verdammt eilig
Bertram! ruft sie in die Wohnung
aber ja verdammt ich freu mich drauf

hast du gehört wer gekommen ist ruft sie

er hat von nichts anderem geredet

kleine Schritte

ich gehe in die Hocke, hey Krümelchen

hey was ist mit dir sagt Mai eine halbe Stunde später

ich drücke dich nur sage ich,
plötzlich möchte ich überhaupt nicht dass du gehst

ich komme ja wieder,

sie lacht und küsst mich auf die Wange,
hab ich zu viel Rouge aufgetragen?

nein sage ich und nehme Bertram auf den Arm

du bist schön

wir kochen in seiner Spielküche

er serviert eine Reihe von unsichtbaren Gerichten

wir bauen unter dem Esstisch einen Carport
und lesen ein Bilderbuch über einen Werkzeugkasten
der lebendig wird, er lacht und lacht
wenn ich der Laubsäge eine Stimme gebe

er ist heiter und fröhlich

ich bin die ganze Zeit am Heulen

mir ist als würde ich ihn nie wiedersehen

er schläft an mich gelehnt auf dem Sofa ein

ich schalte Peppa Wutz aus

es ist still im Zimmer

der Umschlag für Mai liegt auf der Kommode

eine Bombe, eine fleischfressende Pflanze

was hat mich geritten das
hierherzubringen? Mein Puls schlägt schneller

vielleicht sollte ich den Umschlag aus dem Fenster
werfen

Bertram seufzt leicht

ich betrachte sein Gesicht

die Augenlider zittern

sie schimmern wie Perlmutt

ich bekomme Lust sie zu lecken

seine Wangen sind weich und rund

etwas steigt in meinem Körper hoch

heiß und gierig,

in rasender Fahrt

ich habe plötzlich Angst dass ich die Zähne
in sie haue, ein großes Stück abbeiße
ihn mit all meinem Gewicht zerquetsche

ihn zerstückele, schreie

explodiere

dann fängt er an in meinen Armen zu wachsen

die Wirbelsäule wird länger, die Hände breiter
der Schädel ächzt und stöhnt, die Nase schießt heraus

seine Atemzüge machen mich schwindelig

er wird schwerer

ich spüre sein Herz hinter der Haut
in meiner Brust, ein riesiger Muskel

mir wird schwarz vor Augen

mein Handy blinkt auf dem Sofatisch

hallo flüstere ich

hey sagt Mai, laute Musik und Stimmen
im Hintergrund, wie geht es euch?

uns geht es gut sage ich und räuspere mich

ah wie schön, sie wirkt erleichtert

ich weiß überhaupt nicht warum mir nach Anrufen war,
ja bitte sagt sie zu jemandem,

ohne Pfeffer und Gurke!

ich hatte nur gerade so ein Gefühl als
würde dir plötzlich etwas Schreckliches passieren

sie lacht, ich weiß das ist albern

ich versuche auch zu lachen aber
es ist nicht mehr als ein schwacher Laut

ist das ein lustiges Fest?

ja sagt sie

aber ich vermisse euch. Schläft er?

wie ein Stein

Ich wache um Viertel nach drei auf

Mai muss nach Hause gekommen sein

sie hat Bertram ins Bett gebracht
und mich mit einer Steppdecke zugedeckt

der Umschlag auf der Kommode ist weg

mir dreht sich der Magen um

ich liebe dich

schreibe ich auf eine Serviette
und schleiche mich die Treppe runter

es wird langsam hell

kein Wind, die ersten Vögel

Mir ist den ganzen Tag schlecht

ich checke andauernd mein Handy

um sechs rufe ich Mai an

sie geht nicht ran

antworte bitte!

please, Mai

ich halte es so nicht aus

Ich kann die ganze Nacht nicht schlafen

Am nächsten Morgen gehe ich zu ihr

sie antwortet nicht über die Gegensprechanlage

ich gehe durch das Tor in den Hof

Bertrams Buggy ist weg

Das Studentenwohnheim ist höher als ich es in Erinnerung habe

ich stehe lange da und schaue nach oben

willst du rein?

drei junge Leute sind auf dem Weg nach draußen,
einer hält mir die Tür auf

nein aber danke

du bist so galant,

eines der Mädchen wuschelt in seinen Haaren

und konstant charmant sagt er

sie lacht und zieht den Reißverschluss ihrer Jacke zu
sie verschwinden auf der Allee

ich ärgere mich über mich selbst. Geschlossen

ich drücke die Stirn gegen die Glasfassade

warte einige Zeit dass jemand kommt

aber es kommt keiner

du bist auf Privatgelände,

der Hausmeister steht über einen Grill gebeugt
auf der anderen Seite des Gebäudes,
er scheuert den Rost mit einer Stahlbürste

er ist dünnhaarig geworden

Entschuldigung sage ich

es ist nur so ich habe hier mal gewohnt

ja das haben wohl viele,

er scheuert etwas kräftiger

und noch immer hat keiner gelernt
hinter sich aufzuräumen, er richtet sich auf
und sieht mich herausfordernd an

es sei denn man mag es
dass Ratten nachts
auf den Rosten herumlaufen?

äh nein sage ich

aber es wäre sehr nett von dir
wenn du mich reinlassen würdest

er kneift die Augen zusammen

ich rühre auch nichts an sage ich,
ich möchte einfach nur gern noch einmal dort drin sein

noch einmal dort drin sein?

ja

er zeigt mit der Bürste auf mich
ich bin mir sicher er schimpft mich gleich aus

dann seufzt er und wirft den Kopf zurück

da drüben ist offen sagt er

ein merkwürdiges Licht in der Vorhalle

schwach und durchsichtig

keine anderen Menschen

ich schließe die Augen, atme tief ein

der Fahrstuhl rumpelt

Asta!

Hannibal hat vier Weißkohlköpfe im Arm,
er hält die Tür mit dem Fuß auf

willst du mit rauf?

heute Abend ist Tour de Chambre
jeder Bewohner muss ein Thema finden,
wir gehen reihum in alle Zimmer

fuck

ein Weißkohl fällt ihm runter als wir im fünften Stock aussteigen,
er rollt auf dem Boden. Ich hebe ihn auf

was willst du damit machen?

ja das möchtest du wohl wissen

auf der ganzen Etage herrscht Hektik,
alle sind mit ihren Vorbereitungen beschäftigt

Herzlich willkommen!

mein Thema ist Erster Schultag

ich habe aus einem alten Laken ein Banner gemacht,
ich puste Ballons auf und habe Viertelliter-Milchkartons gekauft
die mit Wodka und Kahlúa gefüllt werden sollen

wo schaust du hin?

Mai und ich trinken nachmittags Kaffee

ich habe August erblickt, er fährt mit offener Jacke
mit dem Rad über den Parkplatz,
ich habe ihn seit dem Waschkeller nicht mehr gesehen

ach nichts sage ich, alles klar für heute Abend?

ich spüre eine gewaltige Unruhe im Körper

ich höre in meinem Zimmer laut Musik, schwinge
die Arme durch die Luft und tanze lange auf der Stelle

aber das hilft nicht

wir treffen uns um sechs in der Küche

eine solide Grundlage ist wichtig,

Sif war verantwortlich fürs Essen

Gulasch und Kartoffelpüree

wir trinken Asti aus Plastikgläsern

eine Stimmung fast wie zu Silvester

Hannibal blickt in die Runde,

fehlt jemand?

August sagt Mai

und im selben Moment taucht er auf,
er hat sich einen schwarzen Oberlippenbart gemalt

sorry sagt er, ich musste eben noch ein paar Sachen erledigen

Mai legt die Hände um sein Gesicht,
wie alt du aussiehst lacht sie

wie ein Dreißigjähriger

ah das Thema Salzwasser sagt Sif während wir essen,

wisst ihr noch?

Salzwasser als Thema wie soll das gehen frage ich
das Essen lässt sich schwer herunterschlucken

ich sitze da mit einem Klumpen Kartoffelpüree in der Backe
und konzentriere mich darauf nicht August anzusehen

der Augenkontakt fühlt sich gefährlich an

das lässt sich auch nicht machen sagt Gregers,
das war ein Austauschstudent aus Litauen
das war wirklich schlecht ausgeführt

aber das absurdeste Thema überhaupt
sagt Hannibal und fängt an zu lachen:

das Landvermesserthema!

jetzt lachen alle

das war der der in deinem Zimmer wohnte sagt Linda,
er war so widerlich, er hieß Bjarke
und bewahrte Milchprodukte bei Zimmertemperatur auf

du bist entschieden hygienischer sagt Mai

oh Entschuldigung,

August wirft mein Weinglas um

jetzt muss ich seinem Blick begegnen

er lächelt breit

ich bin mir fast sicher das war absichtlich

alle lachen auch über die Geschichte von damals
als eine Bewohnerin sie hieß Rose ein Quarkbällchen
auf dem Schnabel ihres ausgestopften Adlers fand

sie hatte das Thema Weihnachten sagt Hannibal,
sie wollte Tierärztin werden, das war total zusammen-
geschrumpft

meines Wissens war es ein Falke sagt Linda

volle Konzentration alle miteinander!

Sif stellt sich nach dem Essen ans Tischende,
die Reihenfolge wird ausgelost

ist es besser am Anfang oder zuletzt dran zu sein?

das kommt aufs Thema an sagt Mai

einmal waren sie nicht weitergekommen als bis zu Kims
Zimmer
denn er hatte Absinth und sich mit einem
Bilderrätsel eine Schatzjagd zu Heidegger ausgedacht

was war das für ein Thema?

ein kontinentalphilosophisches Thema sagt Kim

wir ziehen Zettel aus Hannibals Mütze

Mai muss anfangen, ich bin zuletzt dran

eigentlich eine Erleichterung, dann kann
ich sehen wie es die anderen machen

warum hast du nichts gegessen,

August beugt sich über meinen Teller

hab ich doch

er sticht mit der Gabel in ein Stück Rindfleisch

he sage ich, das ist meins

er steckt es sich in den Mund, kaut und lächelt

und was willst du dagegen machen?

dann klingelt das Küchentelefon, es ist Mai

jetzt dürfen wir gern kommen

liebe Gemeinde,

sie steht mit ausgebreiteten Armen vor ihrem Zimmer

sie hat einen schwarzen Müllsack an
und eine weiße aus Papier gefaltete Halskrause

willkommen in meiner Kirche!

sie hat Stumpenkerzen angezündet und die Jalousien
runtergelassen

und nun frage ich dich

sie hat August und Gregers gebeten niederzuknien,
sie sollen heiraten, die Zeremonie dauert sehr lange
weil sie die ganze Zeit lachen muss

August Oskarsson

sagt sie mit salbungsvoller Stimme

willst du, sie räuspert sich

kugelt sich vor Lachen

ja zum Teufel sagt August und steht auf,
ich will das Ganze, er legt eine Hand um
Gregers' Nacken. Sieht ihm in die Augen

und dann presst er seine Zunge in Gregers' Mund

alle johlen und klatschen

und jetzt küsst Gregers August

erst etwas prüfend. Dann tief und sanft,

ein Nerv zittert in meinem Schenkel

dies ist Jesu Christi Leib

auf einer Hochzeit gibt es kein Abendmahl sagt Linda

aber jetzt bin ich ja die Pastorin,

Mai teilt Butterkekse aus. Ich bin es
die bestimmt. Hau rein, mein Schwein

und Lakritzshots von einem Tablett,

dies ist Jesu Christi Blut

dann legt sie Toxic auf

hokus pokus filiokus sagt Kim

wir sitzen auf dem Fensterbrett während die anderen tanzen,
das kommt vom Abendmahl, wusstest du das?

ich trinke von meinem Bier, August fasst Mai um die Taille

inwiefern vom Abendmahl?

wenn das Brot und der Wein sich verwandeln sagt er

hoc est corpus filii, das ist Magie
oder was auch immer. Das ist Latein

aber wir essen genau gesagt Jesus sagt er

das ist ja krasser als Sex

Liebe und Kannibalismus

Kim, ruft August

du redest zu viel, wir müssen jetzt zu dir!

Kims Thema ist Zeit

er hat zwei Armbanduhren um und serviert einen Drink
aus grünem Tee, Weinbrand und Calvados

und ihr dürft nichts sehen!

es geht darum auszurechnen wie lange
eine Minute dauert, wir sitzen mit Augenbinde
im Kreis. Hannibal verliert mit Abstand,

Sif kommt auf den zweiten Platz

ich liege nur eine Sekunde daneben

der Gewinn ist eine große Toblerone

die passt nicht ganz zum Thema sagt Kim,
aber die lag noch bei mir rum

Glückwunsch sagt August und schlägt mir kräftig auf die Schulter

jedes Mal wenn ich ihn ansehe
sieht er bereits mich an

wir müssen weiter

Mai tänzelt den Gang runter

Gregers ist sturzbetrunken

AVANTGARDEKOHL

ein Schild hängt über der Tür zu Hannibals Zimmer

eine avantgardistische
Avantgardeausstellung

er hat ein oranges Handtuch um die Schulter
geschlungen und verteilt Weingläser von einem Tablett

Chablis sagt er mit affektierter Stimme

ich nehme einen Schluck

aber das ist reiner Wodka

wir sollen zu zweit ein Kunstwerk schaffen
und der eine soll die Arme des anderen bilden

ich und Asta!

August springt rüber zu mir

wir haben zwanzig Leuchtstäbe und einen Kohlkopf zur Verfügung

los geht's ruft Hannibal und schwenkt
völlig übertrieben sein Handtuch

vielleicht ist es leichter sagt August
und packt meine Hände
wenn du sie hinter mir verschränkst

so

ich lege die Arme um ihn

und spüre einen Kitzel in meiner Leiste

wir versuchen einen Igel darzustellen
aber das missglückt total

Linda und Kim sind die klaren Gewinner
mit einem überraschend beeindruckenden Werk

sie haben Leuchtstäbe unter die Blätter des Kohlkopfs gesteckt

der auf diese Weise wie von selbst leuchtet

boys and girls, August verbeugt sich vor uns

sein Thema ist Spielkasino

er hat über den ganzen Fußboden Spielkarten verteilt
und serviert im Hemd und mit Hosenträgern Martini

und dann bitte ich um totale Stille!

Russisches Roulette

wir stehen jeder mit einer Dose Bier im Kreis,
diese wurden nach dem Zufallsprinzip verteilt und eine
war geschüttelt

Stunde des Schicksals sagt Hannibal

wir zählen runter von zehn

und dann spritzt der Schaum in sein Gesicht,
wir johlen und lachen,
er hält die Bierdose wie einen Pokal hoch

Mai leckt in meinem Ohr, Linda macht
mit Sif rum, Kim und Gregers öffnen ein Fenster

und brüllen in die Nacht hinaus

und mir wird plötzlich klar dass sich alles in Auflösung
befindet

schnell eskalierend

ich fühle mich auf eine merkwürdige Weise nicht be-
trunken

die vögeln garantiert sagt Hannibal,

Mai und August sind verschwunden als wir weiter müs-
sen

ich finde sie sage ich

Mai? Ich klopfe an ihre Tür

die Stumpenkerzen brennen immer noch, ich puste sie aus

sie sind auch nicht bei ihm

sie sind in der Küche

heftig küssend auf einem Stuhl
Mai rittlings auf August

sorry sage ich, er wippt sie runter

ich wollte nicht stören,
aber wir müssen jetzt weiter zu Linda

Linda ist zu betrunken um ihr Thema zu erklären
aber das kümmert ohnehin keinen mehr

Recycling vielleicht oder grüne Energie

sie schickt eine Flasche Tequila in die Runde
und bittet uns Kleider zu tauschen, wir hinken
zwischen einander herum, ziehen an Ärmeln und Hosen-
beinen

August hat einen Schönheitsfleck über dem Bauchnabel

ich lache laut über ich weiß nicht was

du ertrinkst darin total sagt Hannibal
ich habe sein Eishockeytrikot angezogen
das ist dunkelblau und viel zu groß

dreiunddreißig steht mit weißen Zahlen auf meinem
Rücken

was nun Roskildeeeeeee

Sif hat zwei Igluzelte in ihrem Zimmer aufgebaut

Bierbong in einem gelben Benzinkanister

ich wische mir den Schaum vom Mund
und krieche in das hintere Zelt,
ich möchte allein sein

die Pausetaste drücken

die Kontrolle über etwas in meinem Kopf und meinem Körper bekommen

die Musik wird lauter gestellt

ich lege mich hin und schließe die Augen

hey!

August kriecht plötzlich ins Zelt

er hat Mais Kleid an
und die Haare zurückgestrichen

hey sage ich und setze mich auf

du siehst deiner Mutter ähnlich

er lacht und zieht den Reißverschluss des Zeltes zu

nein sage ich. Lass das

was?

er dreht sich um
wir sehen uns an

was mache ich denn?

lass das, August

dann beuge ich mich vor
und küsse ihn mit weit geöffneten Augen,
öffne den Reißverschluss und falle nach draußen

in einer einzigen Bewegung

die anderen sind in Sifs Doppelbett ineinander verschlungen

ich lasse mich zwischen sie fallen

Kim legt ein Bein über meinen Schenkel. Mai beißt
mir in den Arm, ich bohre die Nase in ihr Haar
und jetzt torkelt auch August ins Bett

er ist schwer und warm

Mai küsst seinen Hals,
er sucht nach meiner Hand

unsere Hände finden sich

wir halten einander kräftig fest

und einen kurzen und glücklichen Augenblick lang denke ich
dass das Ganze schön und gut und egal ist
weil wir alle *eins* sind

dann übergibt sich Gregers in einen Gummistiefel

erst ein dünner, klarer Strahl
und dann auf dem Gang:

große Mengen Gulasch

und ich weiß dass wir nicht mehr weiterkommen,
dass jetzt alles auseinanderfällt

bringt mir einen Besenstiel!

Mai will Limbo tanzen, Kim und Sif singen Queen,
August und ich sind mit Gregers beschäftigt
der nicht auf eigenen Beinen stehen kann

hast du ihn?

und hoch!

Mai springt auf Hannibals Rücken,
einen Besenstiel ruft sie, ich bin der Limbokönig
sie galoppieren los in Richtung Abstellraum,
sie lacht und hoppelt auf und ab

wie kann ein Körper so schwer sein keuche ich,

denkst du er muss zum Auspumpen?

danke für alles lallt Gregers
sein Atem riecht nach Ammoniak

du warst eine gute Ehefrau

danke gleichfalls mein Freund sagt August
und zu mir: stimmt nicht. Pass auf,
da ist Kotze!

wir wälzen Gregers aufs Bett,
August müht sich mit seinen Schuhen ab

ich sehe mich im Zimmer um

hier ist es sehr ordentlich

Thema Gruseln sage ich und zeige auf den Schreibtisch

Bloody Mary und ein Vampirgebiss

ein Skelettkostüm hängt über einer Stuhllehne

Gregers sieht jünger aus als sonst

sein schlafendes Gesicht, ganz offen
wir betrachten ihn eine Zeit lang

wir stehen nah beieinander

dann legt August seinen Arm um mich,
ich habe Angst dass mir schwindelig wird

ein Grunzen vom Bett, keiner von uns lacht

August dreht im Halbdunkel den Kopf

ich schlüpfe aus seinem Arm
und schiebe mir das Vampirgebiss in den Mund

glaubss su sass sie Sähne leuchsen?

das Gebiss ist sehr groß, ich lisple und sabbere

August muss lachen

ich weiß es nicht sagt er

aber wir können es testen. Komm!

es ist eng im Badezimmer

reiß dich jetzt zusammen, er lacht immer noch
und hat den Finger auf dem Schalter

ich schiebe die Zähne zurecht

Asta Basta sagt er. Bist du bereit?

ich kann seine Haut riechen

meine Hauer leuchten

dann liegen sie im Waschbecken

sein Mund ist warm

wir stehen lange im Dunkeln

jemand fummelt am Türgriff

Gregers reißt die Tür auf und stürzt zum Klobecken,
wir taumeln hinaus auf den Gang und müssen lachen

August stützt sich mit den Händen auf den Knien ab,

mir kommen die Tränen

langsam fangen wir uns wieder

dann richtet er sich auf und sieht mir in die Augen,
er hat glühende Wangen und zerzaustes Haar

er strahlt

du machst mich so froh sagt er

etwas steigt in meiner Brust hoch
und springt raus, explodiert

wenn das okay ist

ich muss wieder lachen

dann nicke ich und lächle

das ist okay sage ich

wir gehen zu dir sagt August eifrig

ich will dein Thema sehen!

er läuft los

ich hole noch schnell ein paar Bier, geh du schon mal vor!

ich muss für einen Moment stehen bleiben

mein Körper surrt

mir ist als würden meine Glieder
in alle Richtungen schweben
würde ich mich auch nur ein bisschen bewegen

ich schließe die Augen

ein Geräusch?

ich öffne sie wieder

ich höre jemanden klopfen

weit entfernt. An einer Tür

das Klopfen hält an

ich mache ein paar Schritte

jetzt ruft auch jemand

ich bleibe stehen, lausche

gehe weiter

die Geräusche kommen aus dem Abstellraum

lasst uns raus!

es ist Hannibal. Und Mai

lauteres Rufen, ein Hämmern

ich stehe vor der Tür

drehe mich dann um und laufe schnell in mein Zimmer, setze mich aufs Fensterbrett. Warte

unendlich lange

dann knallt die Küchentür zu

schnelle Schritte in meine Richtung

ich stürze plötzlich zur Tür und drehe den Schlüssel um

Asta?

gleich darauf klopft August

ich halte den Atem an

er ruckelt an der Tür

schläfst du?

Stille

du schläfst nicht sagt er,
das glaube ich nicht

er klopft wieder

was ist los, Asta?

seine Stimme ist sehr sanft

wir müssen nicht die Biere trinken,
ich kann hören wie er sie wegstellt

ich bin eigentlich nicht besonders betrunken sagt er

damit du es nur weißt

ich weiß du bist da

wieder Stille

mir ist es noch nie so gegangen sagt er dann

so wie jetzt

es prickelt hinter meinen Augenlidern,
ich öffne und schließe die Hände

dieses Gefühl sagt er
in meinem Körper. Und im Gehirn

wenn du in meiner Nähe bist

dann räuspert er sich. Okay

ich setze mich in die Küche, Asta

ich warte dort auf dich, abgemacht

ich gehe jetzt,

er bleibt stehen

klopft noch einmal

und dann geht er

ich stehe einige Zeit an die Tür gelehnt

dann krieche ich voll angezogen ins Bett

ich zittere

ich möchte am liebsten verschwinden

Ich wache auf von rennenden Schritten und Schreien
draußen auf dem Gang

das Morgenlicht flutet ins Zimmer

hör auf anzurufen

wir sind unterwegs zu den Brauereipferden

wenn's dich denn interessiert

Ich laufe den ganzen Weg

Ich sehe Mai bevor sie mich sieht

sie sitzt auf einem Bordstein,
der Buggy steht unter einem Baum

sie dreht den Kopf. Ich bleibe stehen

dann steht sie auf

ich wollte ihm gern die Pferde zeigen

sie starrt mich an

jetzt wo ich doch gerade darüber gelesen habe

Mai sage ich

aber es ist geschlossen, sie macht einen Schritt nach vorn

du bist eine Psychopathin sagt sie

weil du mir nichts davon erzählt hast

was zum Teufel stellst du dir vor

denkst du ich bin schwach? Dass ich nichts aushalten kann?

denkst du ich würde wütend auf dich sein oder
total zusammenbrechen? Das ist zehn Jahre her!
denkst du ich kann deine Gefühle nicht verstehen,
alle haben doch dasselbe Herz!

du denkst du bist schlauer als ich

und stärker als ich

du denkst du bist über alle erhaben

du bist so dumm im Kopf, Asta. Du bist

du denkst du kannst alles allein schaffen. Dass du keinem erzählen musst wie es dir geht

dass deine Sehnsüchte vollkommen einzigartig sind

dass du so verdammt besonders bist dass keiner wirklich an dich herankommen oder dir mit irgendwas helfen kann

das ist so eingebildet und arrogant

ich bin deine beste Freundin

ich bin hier. Forever

begreif das doch!

und du kannst verdammt noch mal schreiben was du willst

über mich, über Bertram. Du darfst alles

aber du musst mich einbeziehen

ja. Wein doch

das wurde auch mal Zeit

Das mit dem Kinderwunschzentrum sagt sie

stimmt das?

wir sind auf dem Vestre Kirkegård
Bertram schläft, die Sonne scheint

ja

wann?

Dienstag. Vor dem Treffen im Blomsten

okay sagt sie

ich komme mit

wir gehen einige Zeit ohne zu reden

ich war im Studentenwohnheim sage ich,
wollen wir uns hier einen Augenblick setzen?

wir haben eine Bank an einem See gefunden,
Mai stellt den Buggy ab

heute Morgen bevor du geschrieben hast

warum?

das weiß ich nicht sage ich

einfach so

ich war gestern dort, sie setzt sich
neben mich und öffnet die Jacke

tatsächlich?

sie zuckt mit den Achseln

ja aber nur draußen auf der Allee,
ei sieh mal wie schön

sie zeigt in die Richtung

das Licht dort drüben, wie Gold

oder weil es eine Verbindung gab sage ich

einen Sog

und danach eine Trauer. Eine idiotische Trauer

ich habe ihn ja kaum gekannt

Mai sagt nichts

ich bin einsam sage ich
ganz schrecklich einsam

entschuldige, Mai

sie schließt die Augen
und wendet das Gesicht zur Sonne
atmet ruhig

es gibt da etwas das du nicht weißt

was?

Janus hat mich geküsst

ich drehe mich zu ihr

wie bitte, der aus deiner Abteilung?

auf dem Sommerfest sagt sie

Bertram gibt einen Ton von sich

das ist ja einfach herrlich sage ich

sie steht auf

er ist vierundzwanzig, Asta

sie müht sich mit dem Verdeck ab, ja mein Gott
sie lächelt übers ganze Gesicht

so ein junger Kerl

wie soll das gehen?

schläfst du?

nein

ich finde wir sollten anders heißen

du und ich

wie sollen wir heißen?

du solltest etwas mit a heißen

Anna

oder Asta

wie möchtest du gern heißen?

das bestimmst du

Tine Høeg

Neue Reisende

Roman

Aus dem Dänischen übersetzt von Gerd Weinreich

200 Seiten, € 19

Tine Høegs *Neue Reisende* greift in einem sensiblen Minimalismus und mit subtiler Situationskomik auf, was junge Menschen heutzutage bewegt. Schnörkellos-präzise und zugleich kunstvoll und empathisch.
An ihrem ersten Arbeitstag trifft die junge Lehrerin im Pendlerzug auf einen verheirateten Mann. Sie beginnen eine Affäre, die für ihn mehr Lust als Liebe bedeutet, bei ihr hingegen löst sie Gefühlsverwirrungen aus. Dazu kommt die Überforderung im Job: Routine und das nötige Selbstvertrauen fehlen ihr. Den Schüler*innen ist sie oft näher als den Kolleg*innen. Im Unterricht und auf Klassenfahrten wird deutlich, dass sie noch lange nicht in ihrer Rolle als Lehrerin angekommen ist.
Innerhalb weniger Monate schlittert die Erzählerin in einen Schlingerkurs aus Orientierungslosigkeit und Wunschfantasien, Eskapismus und Betäubung, probiert sich aus, um den für sie passenden Lebensentwurf zu finden.

»Ein Buch zum Hin- und Wegsein. Direkt, kapriziös, zeitgemäß, schmerzhaft schön.« (Senta Wagner, Hotlist-Blog)

»Tine Høeg kann mit beeindruckend wenigen Worten ganze Gefühlswelten entstehen lassen. Stark!«
(Annette König, SRF1)

»Was die dänische Debütantin in minimalistischem Stil zaubert, ist grandios.« (Börsenblatt)

Dank an Christina, Ingrid, Kristian, Martin und Thomas fürs Lesen. Dank an Anne, Gitte und Niels für euer mit mir geteiltes Wissen. Dank an Rasmus Nikolajsen für die Zeile »als wäre man mitten in einem Meisterwerk, während es gemalt wird« aus *Tilbage til unaturen.* Dank an Louise, meine hervorragende Lektorin.

Dank an Mads. Für alles. Für immer.

Dank an Statens Kunstfond und Hald Hovedgaard.

Die Übersetzung wurde gefördert von

Danish Arts Foundation

ISBN 978-3-99059-118-5

Umschlag: & Co www.und-co.at
© des Autorinnenfotos: Petra Kleis
Satz: AD
Druck: Florjančič

Literaturverlag Droschl Stenggstraße 33 A-8043 Graz
www.droschl.com